いのち煌めくとき

いのち煌《きら》めくとき……　もくじ

はじめに

――生まれてから三人兄弟、それぞれ我が道を歩いていたのですが、大人になるにしたがい、三様のある事情から、お互いの存在を強く意識するようになりました。行き着いた先、同じ道の上を三兄弟共に歩いていくことになろうとは、父や母、家族でさえ予想できなかったことでした。「兄弟は他人の始まり」だと、世の教えもこの三兄弟にはどうやらあてはまらなかったようです。

しかしながら、「私」のような第三者から見ますと、心を通じ合わせ、時間を共有できたからといって、必ずしも一人一人が幸せになれるとは限りません。結果的には、それがもとでまた新たな苦難の幕開けになるのを心配するくらいです。私がそう思う理由は、ただ一点、事情がどうあれ三人が三人とも世間の常識からやや逸脱した生き方を選択したことに起因しています。反面、自分の日常的な生活を、外から見つめ直す格好の機会を与えていただいたのでは、と予感しているのも事実です。

二人の生き方をつぶさに見てきた一人として、そして「私」自身の自己検証を含めて、兄弟三人の軌跡をたどっていきたいと思います。

末弟が長いあいだ生活していたこの家を見切ろうと決意したのが三〇歳の春、次兄が長期入院中の病院を出るのを決行したのが三三歳の春、そして長兄である私が三ヶ月の入院期間をへて退院し、同時に役所を去る決断をしたのが三七歳の春でした。偶然にも同じ年の春に、めいめい住みなれた場所を離れる気持ちを固めたことが三人を結びつける接点になりました。

末弟から順に、その経緯をじかに述べてもらうことにします――

1章　末弟の決意

◎これは末弟が手記をもとに、まとめました。

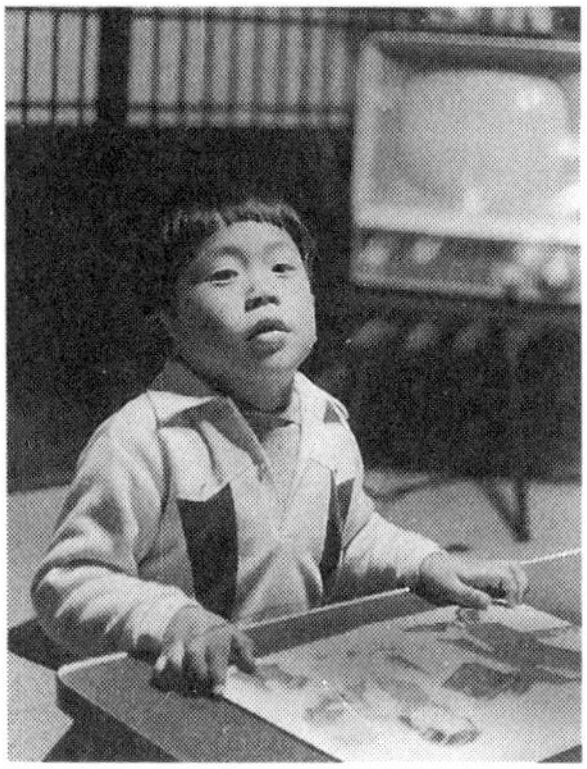

原風景

過去を振り返ることは、私のような進行性筋ジストロフィー患者にとっては非常につらいことなのですが、記憶に残る範囲でさかのぼりたいと思います。兄を語る上でも不可欠ですので、三兄弟に共通した原風景を中心に長々とお話しすることをお許しください。

私は三人兄弟の末弟として生まれました。

生まれたのが山奥でしたので、封建制の名残濃いどこの家でも、末っ子ともなれば、だいたい兄のお古を頂戴するものと相場が決まっておりました。よれよれのシャツや、つくろった靴下やら、はてはあの部分が黄色ばんだパンツにいたるまで、長兄のだか次兄のだか、とにかくそれで普通だと、私は思っておりました。

着るものだけではありません。箸をつける順番から風呂に入る順番、不公平な勉強机の並び、そのほか挙げれば切りがないのでやめますが、ことごとく私が兄の後塵を拝しておりました。小学校へ入学する以前のことでしたので、確か五、六歳のころではないかと記憶しております。

木造藁葺《わらぶ》きの平屋と、軒をかさね瓦葺《ぶ》き板塀の牛小屋が私の家で、ほかに戦後の農地解放で手に入れた四反の田んぼと五反たらずの茶畑を所有しておりました。山林も少しあったようです。戦前は蚕《カイコ》を飼い生計を立てたそうで、戦争を境に行方知れずになった祖父にかわり、父の代からは、夏場の稲作とお茶の栽培を主な生業《なりわい》とし、合間に山林の枝打ちや間引き、冬場は建設現場への出稼ぎ収入などで家計をおぎなっておりました。

白々と闇を裂く鶏《ニワトリ》の声で目をさまし、家の軒先に置かれた木組籠の二羽が卵を産む瞬間見たさに、地べたに四つん這いになり、ひたすらじっと待つことから私の一日が始まりました。

人見知りした鶏はなかなか卵を産まず、まだか、まだかと待つうち朝ご飯も忘れた私は、よくその場で眠入ったそうです。朝寝しているあいだ、父母は田畑へ兄たちは学校へと、一人で留守番することもしばしばありました。それでも懲りることなく、この朝の習慣は、小学校の入学を迎える日まで続くことになります。

昼間はいたるところ犬猫が徘徊し、巡り会う機会多く、なかでも私に比べ図体が小さい野良猫は、絶好の標的となりました。俊敏な割に目が合うと、身じろぎせず、にらめっこを挑む偉そうな猫に、手当たりしだい小石を投げては、追い払い満足しておりました。それだけではありません。いつか気分が高じ、怪我をして走れない可哀想な野良猫を用水池へと通じる狭い袋小路に追いつめ、残酷にもいじめてしまったことがありました。

猫に接する時、ずいぶん居丈高《いたけだか》だった私も、犬となれば趣《おもむき》をまったく異にしました。吠える犬ほど怖くないと、兄たちに教えられていたにもかかわらず、「ワン」と、あの単純ながら攻撃的な響きほど私を震えさせるものはありませんでした。犬を発見すれば意識して視線をそらせておりましたが、一度だけ何かの拍子に、ふと視線が合った時がありました。恐くなり犬に背を向け逃げようとした際、全身に力を入れましたからピンと空気が張りつめ、これが野良犬を刺激したようです。突然私に襲いかかった野良犬は、鼻息荒く私のズボンの裾に噛みつき、食いちぎろうとしました。なす術《すべ》なくドッと私は倒されました。下校途中の兄が助けてくれなかったらと、今でも思い出しては身震いする思い出です。

夜は、涎《よだれ》を垂らした牛に藁を細かく切って与えてやるのが私の日課でした。「モオ……」と、闇を斧で断ち切ったような響きに、私の薄い鼓膜が耐えれるわけがありません。誰から教えられたのでなく、餌さえやれば静かになることを知らず知らず学習した成果でした。耕運機《こううんき》という文明の利器が一般に普及してはおりましたが、私の家はなぜかまだ牛を飼っておりました。

幼き日の一日は、こうして身近な生き物とのたわむれで始まり、そして終わったように思います。野山を駆けることがまだ不自由でなかった煌《きら》めく日々は、月日を重ねるごとに、忘れるどころかより一層まぶしく輝いていきました……。

小学校の入学が近づいて来ますと、私の人生を方向づけたある二つのことを同時に気付き始めます。

一つは、保育所の昼休み、自分の弁当にだけ卵焼きが入っていないということです。子どもによっては、ほうれん草を卵焼きで包んだ上等なのを持ってくるやつがいて、うらやましく思ったものでした。今なら当たり前のように口にできる卵も、当時は農家には不可欠な蛋白源として重宝され、きっと今でいう牛肉に近い感覚だったのでしょう。この体験は、以後の食生活の上で頑固なほど私を卵にこだわらせました。

もう一つは、自分の体がこれで普通なのかというまったく素朴な疑問でした。といいますのは、遠ざかる猫の丸い背中がだんだん小さく感じられ、小石を投げても猫に届くどころか、軽蔑したように振り返る猫に変な敗北感を味わうことが多くなったからです。以後、これはもう私の人生を決定的にしました。

両方とも、幼いながら競争心芽生えたがゆえの、自然な気持ちにしては特に後者のほうは、長い人生にとって百パーセント克服しようのない気持ちだと、その時私にはまだまだ明確な自覚はありませんでした。

曖昧だった不安は、小学校の入学を境に、現実のものとなりました。

みんなより走るのが遅かったり、肩をいからせ体を横に振って歩いたり、何でもないことでよくつまづいたりしました。両親もおかしいことに気付いたものの、まさか世にも不思議な病だとは知る由《よし》もなく、とにかく発育の遅い子だなと思っていたそうです。

低学年のころは、歩き方を真似されたり、「のろま」といわれたり、嫌な思いを何度もしました。大人のように嘘やお世辞、知らん振りなどできない正直な年ごろですから無理もありません。そのうち、何をいわれようとじっと耐える私の姿に、手の施しようのない腕白な一人をのぞき、みな、急な坂道を登る時や階段を上り下りする時など、よく手伝ってくれるようになりました。同級生は男四人、女四人のわずか八人でした。

私は体育の時間が苦痛でした。

走れることは走れたのですが、鉄棒や跳び箱、機械体操など、ほとんど一人ぼっちで見学していただけですから、面白いはずがありません。四〇分のあいだ、足元に目をやっては兵隊さんのように整然と餌を運ぶ蟻の行列やら、校舎を眺めては窓から乱反射される光の加減やら、屋根瓦の並び具合やら、たまに空を見上げては雲の形、流れる方向など観察しておりました。

運動会の季節が何といってもつらい時期でした。夏休みが終わって運動会が始まるまでの一月間は、文字どおり私にとっては九（苦）月でした。運動会の徒競走では、いつも前を行く体操服のシワ模様やお尻の張りの様子を見て走りました。蹴上げられた砂が目に入って、余計走れなくなることがありました。

「親がなくとも子は育つ」と、放任な子育ての持説を曲げなかった父も、さすがに私の走る姿を見かね、ある大学病院で診察を受けることになりました。

当時は研究がさほど進んでなかったせいか、確か筋電図の検査だったでしょうか、頬や太股や脹《ふく》ら脛《はぎ》など、体のあちこちに布団針のような太い針を刺されました。電気が流れると、五分だけの辛抱とはいえ、これがもう痛くてたまらず、脳味噌をえぐり出されるような感じでした。あと、脹《ふく》ら脛《はぎ》を局部麻酔して筋肉細胞を切り取り、生化学的な検査を受ける必要がありました。筋電図の印象が鮮烈だったために、この検査がどうだったか、特に記憶には残っていません。筋電図と生化学、両方の検査の結果、筋肉の細胞に明らかな異常が認められるとのことで、その名も「進行性筋ジストロフィー」と診断されました。とにかく筋肉が萎縮していく病気らしいのです。

病気ならいつでも治ると、きわめて楽観的な私をよそに、少しでも病気の進行をくいとめるため、両親には二つの処方箋が与えられました。一つは、夜寝る前には必ず腹筋運動と背筋運動を自力で一〇回づつ、あと、うつぶせになり、背後から体を反らせるように手を引っ張ってもらうこと一〇回、計三〇回連続して訓練することでした。家でも体育をしなければならないのかと、それだけで毎日が憂鬱な気分でした。三〇回が次第に二五回になり、二〇回になり、やがて一五回になりと徐々にできなくなり、数字というのは非情なもので、それだけ病気が進んでいくことを知らせてくれるものでした。

もう一つは、朝昼晩、食後に薬を飲むことです。あとで知ったのですが、この薬を飲んだから治るというものではなく、中身は蛋白質の消化促進剤と将来的に心臓の機能を低下させないための強心剤が主でした。飲み始めたころは、欠かさず飲み続ければ風邪と同じように、いつか必ず治ると子ども心に信じておりました。

小学校三年生の夏くらいから、人前で発表するのが苦手になりました。

作文の朗読では緊張のあまり声が震えて、しまいには涙まで出てしまうありさまでした。的外れな自己分析で申し訳ないのですが、自分の振る舞いがどこか不自然だ、という引け目が自意識を過剰にし、心の琴線をふるわせたのだと思えてなりません。実際は、多分病気とは関係なく生来《せいらい》気が弱い「あかんたれ」だったのでしょう。

いずれにせよ、私は病でそうなっていると、何度も自分にいい聞かせることによって微妙な心のバランスを保っておりました。

体育の授業を満足に受けられないとか、人前で堂々としていられないとか、なかなか出口が見つからない悔しさを私は勉強にぶつけました。とりわけ、ものを書くことに異常なほど執念を燃やした私の鉛筆はすぐ短くなりました。たいていは兄のお古で間に合っていたのですけれど、運悪く筆箱の三本の鉛筆がそろって短くなったことがありました。その時は私も勇気を出して「買ってほしい」と両親に直訴したことがありました。

父「なくしたんとちゃうか」

母「兄ちゃんのでも、もろうとき」

そんなわけで、一本の鉛筆ですら親や兄にうかがいを立てねばならないことが、ただでさえ小さな私の胸を痛め続けました。いつの日か、私の文房具への執念を示すエピソードにこんなことがありました。

兄たちへの思い

――私たち三人の兄弟には共同の勉強部屋が用意されておりました。勉強部屋といいましても、機織《はたお》り部屋といって、その昔、絹を織っていた部屋に少し手を加えたものです。東西に長い六畳ほどの板間で、南にある「かど」（家の外の庭）に向かって三つ机が並べられた狭い部屋でした。東に板塀を仕切りに便所、西に土塀をへだてて玄関、南側は引き違いのすりガラス窓になっており、北側には障子戸があって、私たち三兄弟はここから出入りしておりました。

山奥のことですから施錠など気にする者もなく、泥棒が狙おうものなら自由に入れる造りになっておりました。もっとも、取られる物は何もなかったのですが……。

最初に不公平だといったのは、私の机は東側に位置しておりましたので便所に近く、当時はもちろん水洗トイレではありませんから、梅雨の時期や夏の蒸し暑い日など、犬猫も嫌うアンモニアの異臭に、いつも私が損な目にあっていたからです。

ある時ふと犯行を思いついた私は、夜中に兄たちの寝息がたつのを確かめ、忍び足でものをこっそり拝借しに障子戸を開けに行ったことがありました。障子戸がなめらかに敷居の上を滑ってくれることだけが頼みで初犯はドキドキでしたが、慎重にも慎重を重ねましたので、意外とうまくいったように覚えております。

翌朝、バツが悪そうにうつむき加減で食事する私に、兄たちは犯人が誰だか始めから気付いているような態度で、ただニヤニヤしておりました。味を占めた私は、欲しい時は必ず拝借するという必要悪をくり返していくことになります。都合のよいことに、兄たちは休日になると勉強部屋の掃除を命じました。私はこれ幸いと兄の机を拭くことは忘れても、敷居の二本の溝に仏様からいただいたローソクをすり付ける作業だけは決して怠りませんでした――


小学校四年生の時、字を書くことの熱心さが担任の先生の目にとまり、何と全国作文コンクールに私の作品を出展するといってくれました。八人の内、私と女の子一人が選ばれ、やっと男で一番になれたのかと、この時ばかりは天にも登る気持ちでした。ところが、いざ書くとなると、先生の期待に応えねばという焦りが先に立ち、気持ちが高ぶって、思うように鉛筆が動いてくれません。私はそれがいつもの緊張感からくるものだと思っておりました。

手の早い女の子が勝ち誇ったように悠々と書き上げるのを尻目に、一枚程度だった原稿用紙を、私はなかなか完成させることができませんでした。それでも先生は、私が書き終えるまで、何もいわず辛抱強く待ってくれました。四百字詰め原稿用紙の升目が、見た目以上に小さく感じられたものです。

日が暮れるのが比較的早い彼岸のころでしたので、やっと完成させた時には、木造校舎は柔らかな夕闇に包まれようとしておりました。帰り道、いつもよりランドセルが重く感じられたのを覚えております。いつもは立ちどまり耳をすました虫たちの音も、稲穂が垂れた田んぼを包むように降り注ぐ蒼い月の光も、ランドセルを軽くするものではありませんでした。

小学校高学年のころになりますと、通学するのがしんどくなりました。

家からわずか一キロに満たない舗装された道にしては、最後五百メートルがだらだらと続く登り坂でしたので、これがきつかったように思います。一年のうちで最もむごい季節が何といっても冬でした。朝一番に降り積もった雪の上を歩くのはそうでもないのですが、夜中に雨が降り、下の路面が凍結した朝の通学路は氷の坂道を歩いているようで、もう大変でした。

縄を靴に巻いたり工夫はしたのですが、そんな朝は、目がさめた時が最も困った時間で、私は夜が永遠に続いてくれたらと、布団にしがみついて真剣にお祈りしたものです。理科で学習した「地球の自転」さえなければと、兄の地球儀を見ては本気でそう思った時期がありました。両親も寝起きの悪い私を見て、いつか「不登校」になってしまうのではと、気をもんでいたそうです。

幸いなことに、布団にしがみつくより、自分が歩けるということを今日もこの足で確かめたいと、あえて体を動かそうとする不思議な力が私に働いてくれました。お陰で、たとえば私は勉強できるほうでしたので、できない子に半ば押しつけるように教科書やノートを貸し付け、明くる日に返してもらうという具合に、ランドセルをできるだけ軽くするよう努めました。背に腹はかえられず、気が弱かった割には意外と大胆になれました。

それに、クラスが八人と少人数だったせいか、四年生ごろから頭角をあらわした一人の餓鬼大将を中心にまとまっていましたので、私はこの大将に取り入ろうと一所懸命努めました。大将の意見に逆らったことは記憶にありません。小学生にしては発育がよく大人顔負けの体格をしていた大将は腕っぷしも強く、遠足の日、急な上り坂にさしかかった時など、率先して私を背負ってくれました。大将は好き嫌いなく皆に公平でしたけれど、特に私には優しくしてくれたように思います。なにゆえ、彼が私に優しかったのか、理由は定かではありませんが、ただ一つ心当たりがあるとすれば、左手人差し指の爪から先がなく、少し短かかったことです。祖父の不注意で「押し切り」（藁を切る道具）で切断してしまったらしく、大将はこれをとても気にしていました。ちょっとしたハンディが気持ちを汲み取ってくれる原動力になったのだと、私は勝手に解釈しておりました。こっそりスイカを盗みに行った畑で見つかった時、私を放って逃げた夏の一件がなければ、私にとってはもう神様のような存在でした。

一見つらいことばかり聞いていただいているようですが、このころから私自身の心のなかでは、くよくよしても始まらない、体のことを離れて楽しんでやろうと、すでに前向きな気持ちが生じつつありました。

歩けていた時は夏休みがとても待ち遠しく思いました。父と母に連れられ、卵焼きの入った弁当を下げ、朝霧がまだ晴れない谷あいを、山へ山へと連れて行ってもらうのがこの上ない楽しみだったからです。父の背を乗り物がわりに、小さな旅行気分でした。父母が山の枝打ちや間引き、掃除をしているあいだ、私は植物や昆虫相手に何時間も飽きずにたわむれておりました。

朝、雑木林の小径《こみち》で、薄紅く色づくホタルブクロに、夏祭りの提灯《ちょうちん》を連想しました……。昼、散髪をすませた子どものように、剃り跡のすがすがしい檜林の下で、腹からひねり出されたようなアブラゼミたちの共鳴に、目を閉じ耳を塞いでは、時間がたつのを忘れました……。夕方になれば、クヌギ林で手に入れた二匹のクワガタ同士を喧嘩させ、決着を見極めないうちに、ふと迷い込んだオオムラサキの優雅な舞に見とれました……。

不自由な私が、急な山道を時間をかけて出かけたいと思ったのは外《ほか》でもありません。無数の檜たちが吐く匂いのなかで、お昼の弁当を父と母と私、三人で食べることができたからです。これがたまりませんでした。父が木と木のあいだに小さな穴を掘り、小枝や枯葉をかき集め、湿って点火しにくい時など弁当を包んできた新聞紙を丸めて、火を起こします。汲んできた谷水を飯盒《はんごう》に入れ、お湯を沸かすのです。三人で火を囲み、平たい石の上に檜葉やシダを重ね、腰掛けて、たまに枝を箸代わりに卵焼きをつつくのが何ともいえない風情がありました。

母は心得たもので、私が山に行く時は必ず卵焼きを忘れませんでした。仕事を黙々とこなした父も、昼休みだけはたっぷりとりました。煙草を何本もふかしては、幼少のころ、海軍の港で生活していたころの思い出話や、母を嫁にもらおうと実家に単身のりこんだ時の自慢話など、それは饒舌《じょうぜつ》でした。逆に、いつもは口数多い母でしたが、この時ばかりは間合いよくうなずいたり相槌を打ったり、父が話をやめるまで聞き上手でした。

家族の暖かさを感じることができました。

永遠だと思われた環境も、小学校の卒業が間近に迫り、八人の友だちが、やれ中学だの、英語の授業が始まるだのとにぎやかな中で、私の進路は大きく二つに分かれました。

学校教育は私のような障害児に対しては、とにかく健常児と共に普通の中学で学ぶか、あるいは午前養護学校、午後病院というように治療に重点を置きながら学ぶかと、二つの選択肢を用意しておりました。

友と別れるのか別れないのか、両親と一緒に住むのか住まないのか、という私にとっては絶体絶命に等しい、困った二者択一問題でした。普通中学に進むなら、六年間の友だちと別れなくてもすみます。養護学校に行くなら四年前、この小学校を出て病院に入った次兄一人を頼りに、友や両親や故郷、すべてに別れを告げねばなりません。

残念ながらこんな体でしたので、普通の中学となると、とても進む自信がありませんでした。しかも山奥でしたので、中学へ通うためには、さらに一山も二山も歩いて越えねばなりません。普通の人が歩いて一時間ほど、距離にして四キロから五キロの道のりでした。その半分は高い杉林が空をおおい、低い雑木やシダやら苔やら、大小の角ばった岩が点々とする、縦谷に沿って切り抜かれた登山道のような道でした。

四季のなかでも特に冬場、大雪が降るとどこに道があるのか、わからなくなることもあったそうです。そういえば、いつか長兄が道案内に詳しい子を先頭に、縦一列に手をつないでかよう日があったといっておりました。

朝でも夕でも、薄暗い道を女の子がスカートの裾を気にせずに通学したそうですから、大らかな地域だったのでしょう。女の子を好きになる感情にまで、病気が侵入してくる余地はなかったようです。私が元気だったらきっと悪戯《いたずら》したに違いなく、つい「病気でなかったら」と最も悔やまれる話でした。帰り道、狐や狸が行く手を不意にさえぎり、女の子の悲鳴が山合いにこだますることもあったそうです。

そんな道を、私がかよえるはずがありません。

両親は病気のことを第一に考え、少しでも進行をとめられたらと、都会にある養護学校へ進むことを強く勧めました。このころ、長兄は大学へ行って下宿生活、次兄は都会の病院と二人とも親元を離れていましたので、両親の本音は三兄弟の内、一人でもそばに置いておきたかったようです。

一週間前に降った雪が未だ融けない冬の寒い日、迷っていた私は両親に連れられて、次兄の見舞いを兼ね、都会の病院を見学しに行くことになりました。病院の一日の生活を見てから選ぶことになったのです。

足を踏み入れるや、埃《チリ》一つ落ちていない小綺麗な病棟に、もっと乱雑で汚いほうが自分に向いていると、一目でそう思いました。歩ける子どもたちは、黄色いヘッドカバーを着用して、先生の号令に合わせ腹筋運動や屈伸運動に精を出しておりました。昔の軍隊を思わせる歯切れよい声が、天井高い訓練室にこだましていたのが印象的でした。

私は主に歩けない子どもたちの生活を中心に見て回りました。今は歩いていても、やがてはそうなると予感していた私は、将来の自分をのぞきたいと、恐いもの見たさに心が惹かれたからです。車椅子の子どもたちは、将棋を指したり、絵を描いたり、パソコンの操作をしたりして、もう色々でした。全体としては活気なく、一人一人の後ろ姿が寂しそうに感じられました。子どもたちは何を考えて暮らしているのか、と思ったくらいです。

次兄はその時、私たち家族が来たというのに、何やら大学ノートに熱心に詞《し》を書いていたように思います。平日でしたので親の訪問もなく、暖房が入っている割には病棟の廊下に漂う空気は予想以上に私の肌を冷たく刺しました。

「やっていけるのだろうか」一瞬、漠《ばく》とした不安がよぎりました。

最終的に、父、母、校長先生、担任の先生を交え一晩話し合った末、やはり体の治療を最優先にすることで一致し、次兄のいる病院に入ることになりました。校長先生が口角に泡をため、いつになく熱弁をふるっておられたようです。

家には七〇すぎた祖母がいましたが、田畑と家を往復するだけの人で存在感が薄く、家にいる時でも、なにやら仏壇の前で法華教典を唱えてばかりいる人でした。意味がわかっているのかどうか声は小さく、たまに仏壇の前で太股露わに寝入っている祖母を発見したことがしばしばありました。私の進路に関する話し合いがあった時のことを鮮やかにおぼえているのは、この祖母がいつもより一際声大きく読経していたのが妙に心に残っているからです。

制度がのみ込めないうちに、なんとなく病院に行くことを承諾した私も、卒業式が近づくにつれて、両親や友と離れたくない、もっと両親のもとで、友との交わりの中で暮らしたいという気持ちが日に日に強くなっていきました。今の意識が当時の自分に備わっていたら、先生や親が何といおうと私は強引に普通中学にかようことを主張しただろうと思います。同じ兄弟でありながら、長兄のように、『普通に義務教育を受けることができる。勉強次第でまた高等学校に進める。努力すれば大学にも進学できる』と、過酷な受験競争はあるにしろ、普通に学べることへの憧れは、そう思うだけで私の体を熱くしたのでした。

卒業式を一ヶ月後に控えたある日、私の病気が原因で学校を揺るがす事件が起こりました。先生ばかりか用務員の小母《おば》さんやＰＴＡ、地域の人たちまで議論に巻き込んだのです。

それは、校長先生が卒業証書を卒業生一人一人にどこで手渡すか、ということでした。卒業式といえば、在校生を背後に卒業生が広い体育館の最前列に並び、感傷的なメロディーが流れる中を、舞台に一人づつ上がり、演台を前に待ち受ける校長先生から卒業証書を手渡される風景を思い浮かべます。大規模な小学校では一人の代表が証書を受け取るだけで済むかもしれません。毎年卒業生が少ないこの小学校では、校長先生から一人一人いただくのが通例になっておりました。

ところが、私の体は舞台へ上がろうにも、たった三段の階段を自分一人では上ることができません。

白地に赤く浮かび上がる日の丸をバックに、怖い校長先生だけならそれだけですが、私の場合、どうして舞台に上ろうか、また、いただいた卒業証書を小脇にかかえどうやって降りようか、みんなはどう思うだろうかと、不安でたまりませんでした。それに、開会の辞に始まって、君が代斉唱、学校長挨拶……と、そのつど立ったり座ったり、私にとっては非常に重苦しい一日に感じられました。

思いすごすあまり、大地という大地が海底に、人という人が絶滅してほしいなどと、ありそうもない誇大妄想がしばしば私を虜にしたのでした。もし、私がもっと自分の感情に忠実で、獰猛ないつかの犬のごとく攻撃的な性格だったなら、体育館のガラスというガラスを叩き壊すか、この体育館に放火することさえ厭《いと》わなかったかもしれません。

慣例どおり卒業式を執り行なうか、それとも日の丸だけ残し演台を舞台からおろして、いってみれば校長先生も卒業生の子どもたちと同じ目線で執り行なうかを巡って、職員室では連日のように激論が戦わされました。

先生やPTAの多くの人は、慣例どおり行なうことを支持しました。卒業式に限らず慣例を重んじ、変化を好まない土地柄でしたから「例年どおり」と、そういえば理にかなったような、人を説得する切り札として幅をきかせているところがありました。考える手間が省け、とにかく安心するのでしょう。

「一人のために、長年続けられてきた慣例を変更することはない」

「誰かが体を補助すれば事たりるじゃないか」

「足が不自由だからといって、校長先生まで引きずり降ろすことないだろう」

慣例どおり行なうことに賛同する意見が大勢を占めるなかで、断固としてこれを拒否してくれたのが都会から赴任して一年たらずの若い先生でした。

場合の数や立方体の体積計算の時など、私にはとても厳しかったあの若い先生が実は私の味方だったんだと、先生の意外な熱意に私は感謝の手紙をこっそり手渡したくらいです。最後は校長先生の総合的な判断で慣例を破ったらしいのですが、若い先生がどういう理屈をつけて演台を降ろそうと主張したものか、ともかく卒業式にかかわる私の大きな不安は解消されました。

卒業式の当日、緊張したなかで、立ったり座ったりのくり返しに疲れた私の神経は、途中から先生の号令を受けつけなくなりました。やっぱり私一人だけが肩身の狭い思いをせねばならないのかと、恥ずかしい気持ちでおりましたところ、君が代斉唱の時など、座ったままの人が何人かいてくれて自分だけが目立つことはなく、非常に助かりました。

病院での生活

こうして小学校は卒業でき、卒業証書も無事いただきました。

ホッと安心したのも束の間でした。都会の病院では同級生と別れねばならない悲しみなど問題にならないくらい、さらに大きな試練が私を待ち受けていたのでした。

次兄がいる病院とはいいましても、同じ兄弟でありながら共通点といえばこの病気くらいです。趣味から性格までまったく正反対でしたので、お互い一歩も二歩も隔たった存在でした。人は、私のことを内気な甘えん坊だと、次兄を社交的な現実派だとよく評しておりました。ついでに私から見た長兄は、良くいえば、人に優しく物事の基本を大事にする性格、悪くいえば、普通に大学まで行った割にはやや世間知らずでした。

私の真のライバルは長兄だという本音はさておき、この評価に反発をおぼえ、少しでも自分をよく見せよう、兄たちには負けまいと、朝夕の挨拶一つに心配りすることが、少なくありませんでした。最も親しいはずの兄弟とでもそうですから、ほかの子どもたちとの関係は容易に察していただけるものと思います。生来の性格の違いに加え、生い立ち、それに病に対する意識的なズレが自他の溝を大きくしますから、特に私のように気持ちを外に出せないタイプは、本当に話し合える友を見つけることは大変なことでした。

脳性麻痺、ネフローゼ、喘息……小学部から高等部まで約七〇名が在籍する養護学校ですごした六年にもおよぶ青春時代の数々のエピソードや試練は、養護学校の校長先生をして病院の主だといわしめた次兄の告白に譲ることにします。次兄のあとを追う形になった私は、顔には出すまいと、みんなと仲良くする振りをしながら、実は心底六年間、両親のもとに帰れることだけを望み、その時がくる何かのきっかけを探し求めていたのでした。

卵焼きを食べたくても、献立表どおり出される三度の食事。壁に大きく張り出された献立表を見ては「卵」の文字を探しました。一週間卵が出ないとわかると、休日にはボランティアの人に頼んで駅前から茹《ゆ》で卵を買ってきてもらい、母の手作りを想っては深夜こっそり頬張ったものです。

雑踏を離れ、広大な敷地の真ん中に建つ病院を空から眺めればと想像した時に感じる疎外感。養護学校と病院をつなぐアーケードの通路に沿って、居並ぶ桜の木々のすき間から目に入る歴史的な風景でさえ、私は馴染むことができませんでした。緑少なく、白いコンクリートのビルが林立し、間隙を縫って黒い瓦の寺社らしき建造物が小さく点々と見下ろせる景色は、どこかよそよそしい拒絶感を醸《かも》し出し、私の心を否が応でもあの藁葺きの家へと駆り立てたのでした。「郷に入っては郷に従う」という処世訓《しょせいくん》も、私の故郷への思いを断ち切るものではありませんでした。

願いが通じたのか、高等部を卒業して間もないころ、その日は案外早く訪れました。祖母が亡くなり、代わりにどうしても私を連れて帰りたいと、父と母が病院まで迎えにきてくれたのです。

高等部一年の時、私は歩けなくなり、車椅子での生活を余儀なくされておりました。晩年、寝たきりになっていた祖母亡きあと、私だけなら二人で十分介護できるから農閑期だけでも家に連れて帰りたい、とのことでした。渡りに舟とはこのことでしょうか。でも祖母が亡くなって一年たらずでしたので、私は喜びを努めて隠しておりました。長兄と次兄には厳しかった父も、私には優しい父でした。この時から農業が忙しい時期を除き、私は故郷のこの家で暮らすことになります。

四方を山に囲まれ、起伏の激しいこの土地では、私のような体ではとても外で遊んだりはできません。それに、普通なら大学にかよっていてもおかしくない年齢の私が、小学生の仲間に交じって、ビー玉や面子《めんこ》で遊べるわけがありません。

一度、山という山、家という家をおおいつくすほどの大雪が降り積もった朝、もの珍しさと子どもたちの叫声《きょうせい》に誘われて、雪ダルマをつくろうと思い立ったことがありました。外庭へ出るや否や、私はバランスを崩し、雪の上で三回転、四回転、自分がダルマさんのように転んでしまったことがありました。昔はよく雪が降り、私でなくても一ヶ月ものあいだ、どこへも出かけられない時があったそうです。

春、夏、秋、冬、たまに車で買い物に連れていってもらうほか、テレビを見るか、本を読むか、とにかく家の中にいることしかありませんでした。

書くことが好きだった私は、詞《し》を創ったり、長兄や次兄に思いつくまま手紙を送ったり、日記をつけたりして日々暮らすことになりました。六年以上親元を離れた体験は、三男坊で、本来なら家を去らねばならない立場の私を逆に故郷に執着させることになりました。心に焼き付けた風景の中で暮らせることに、私は大いに感激したものです。

毎日生活するとなりますと、まず家そのものが障害になりました。

車椅子が自由に通れるようにしようと思えば、家を大幅に改造するか、それこそ新築せねばなりません。とてもそんなお金はありませんから現実にできることといえば、福祉の無利子貸付制度を利用し風呂を改造したり、竈《かまど》を取り払い、敷居と同じ高さに家の中の台所や玄関など、内庭まわりを底上げするくらいのものでした。

内庭まわりと食卓とは、これはもう文化という外ないのですが、子どもの腰までくらいの大きな「落差」がありました。難しい理屈はさておき、一段低いところで女性が食事の支度をし、男性が食卓でそれを待つ姿を想像するだけでこの「落差」の意味がわかろうというものです。江戸末期か、明治初期に建てられた家だと、口数少ない割には自慢げだった祖母とは対照的に、私にはとても気に入りませんでした。

食事のたびに車椅子から抱き起こしてもらうことも大変なら、仮にそうしたとしても、第一、優等生のように背筋を伸ばして正座し、左手にお茶碗、右手にお箸を持って食べられるわけがありません。私だけ車椅子で、機織り部屋から玄関に持ってきた長兄の勉強机の上で一人、田舎では珍しいフォークとスプーンを箸代わりに食事しておりました。たまに来客があり私を見ますと、山奥では滅多に見ない光景に「ハイカラ」、「ハイカラ」とうなずき得心《とくしん》しておりました。

介護のうち、最も両親に重荷だったと思われたのが入浴と排便でした。特に入浴は、一日の農作業を終え疲れたあとに、私を担ぐわけですから、足腰に大変な負担がかかる仕事です。この病気の多くの子どもが歩けなくなった途端、一時的に肥る場合があり、ほとんど皮下脂肪なのですが、私も十キロは重くなりました。体重にして六〇キロは下らなかったように思います。

父が後ろから両脇を抱え、母が前から両足を持って車椅子から下ろしてもらいます。服を脱ぎ裸になり、同じようにして風呂桶の中に入れてもらうのです。背中を流したり、体を石鹸で洗ったり、自分でできたのは顔を洗うことくらいでした。入浴は二日に一回と決めていましたが、汗かきだった私は、夏場、毎日のように「我慢できない」と訴えましたので、農繁期と重なった時、特に母にはかなり負担になったようです。

風呂は気持ち良かったのですが、私も一応の思春期を迎え一人前に〈髭〉が生え、〈剥《む》け〉てもいましたので、あそこを見られるのは両親相手といえど恥ずかしい思いをしました。

一度赤面したことがありました。何を妄想したのか、あそこが充血し直立したまま収まってくれず、必死に鎮めようとすればするほど、いうことをきいてくれないのです。それからというもの、条件反射かどうか、風呂に入る時は決まったように困った事態が生じました。私の気持ちを察してか、母は終始顔をそむけておりました。


こうして毎日が家だけの生活でしたので、退屈な日が多く、生欠伸《あくび》ばかりして一日をすごしたこともありました。そんな中、私が一年の内で最も心待ちにしたのは、何といっても兄二人が家に帰ってくるお盆とお正月の時でした。別々の道を歩んでいた三人兄弟に、山奥では珍しい「碁」という共通した趣味があったからです。

お世辞にも金持ちとはいえない家にしては、不釣り合いなくらい〈高尚〉な碁盤と碁石がそろえてありました。高尚とは名ばかりで、実は碁盤といっても、脚のない黒く日焼けした薄いもの、碁石にしても今にも真っ二つに割れそうな石やら、茶色く小さな亀裂が入ったものが大半でした。村では、古《いにしえ》より碁に夢中になった代は崩れるといういい伝えがありました。お坊さんが念仏を忘れ、貴族が政事を忘れるように、私の祖先もきっと働くことを忘れた世代があったのではないかと思います。

碁は私が養護学校の中等部に在籍していたころ、長兄に教えられました。これなら家でも腕を磨けると思った私は、長兄へのライバル心むき出しに、新しく折り畳み式の碁盤とプラスチックの碁石をそろえ、本格的に取り組むことにしました。両親に物をねだることは極力控えていたのですが、碁の書物だけは例外で、定石や手筋、ハメ手の本など日の出から日の入りまで、もう夢中になった時期があったくらいです。

その内、めきめき腕を上げた私は長兄に「一目置く」どころか三目も置かせるくらい、アマでいう四段の実力を持つまでに上達しました。なぜなら、いつか長兄は初段の免状取ったと、喜んでおりましたから。

　ある時、碁を巡って長兄とのあいだにトラブルが発生したことがありました。碁のルールでは一端盤上に置いた石を剥《は》がすことはタブーとされています。これを『待った』というのですが、長兄はよくこの『待った』をしました。一度や二度は許せても、その時、長兄は十手も前から石を剥がすことを強引に主張したのです。きっと私を見くびってのことだったのでしょう。我慢ならなくなった私は、折り畳み式の碁盤をひっくり返し、気も狂わんばかりに怒ったことがありました。それ以来、長兄は私と碁を打つ時やそうでない時でも私を引きあいに出す場合は、必ず判で押したように「利三は怒ると恐いからな」というのが口癖になったようです。

　石を手で扱う必要がなかったのなら、私は真剣に棋士を目指していただろうと思います。

　日曜日お昼、NHKの囲碁の時間が待ち遠しくてたまりませんでした。なかでも幼い時、あふれんばかりの才能に韓国からやってきた棋士で『趙治勲』という方がおられました。碁をまったく知らない人でも碁の三大タイトル、棋聖、名人、本因坊を一時、一人占めした人といえば、どれくらい強い人かわかっていただけるでしょう。以前、交通事故に遭遇し車椅子で懸命なリハビリを続けたあと、精進し名人にまでなった、私にとっては尊敬すべき人でした。事故の傷が癒え、彼が復帰した時の言葉に、私は大いに勇気づけられたものです。

「頭と手が無傷だったから私は復活できました。精神的にも、あの事故という艱難《かんなん》があったからこそ、今の私があると思います。何もなかったら私は潰れていたかもしれません」

二〇歳までは、歩けなくとも碁のマナーに反することなく普通に碁を打つことができました。二五歳ごろ、人差し指と中指で石を摘《つま》むことができなくなりました。間もなく、五本の指を使いやっと石を碁盤に置くことしかできなくなりました。やがて石を摘む動作から、相手の石を取った時、碁盤から持ち上げる動作まで、すべてができなくなりました。

碁は生き甲斐であったと同時に、病気の進行を刻々と伝えてくれる目安になりました。碁を打てなくなるに連れて、書くことも、食事することも、一人で顔を洗うことさえつらくなりました。できなくなる分、誰より母に負担となっていくのが何より苦しいことでした。

母倒れる

自宅を拠点に療養を始めてからちょうど一一年目の早春、ある事件が起こりました。食事を終えた母が台所で洗いものをしていた時、突然血を吐き、うずくまるようにして倒れたのです。そこら一面に赤い絵の具を塗りたくったようでした。

父が慌てて病院へ連れて行ったところ、過労とストレスによる胃潰瘍と診断されました。X線検査をしたところ、胃にかなり大きい潰瘍があるとのことで、母は大事をとって検査入院し、精密検査を行なうことになりました。これまで一晩も欠けたことのない母がいなくなるというので、私は一瞬目の前が真っ暗になりました。

父と私、母がいない男二人だけの我が家は、本当に灯が消えたようでした。一晩でも父はきつかったようです。いつもは父と母が二人でやれたことを父一人でやらねばなりません。一人で私を抱きかかえる場合、車椅子の右横に中腰で立ち、背中から脇に左腕を通し、右腕を両太股の下へ深く入れ左右同時に抱き寄せ、ちょうどシャベルですくうように持ち上げてもらいます。当然父は慣れていませんから、私の手をひねるやら、腰を車椅子の角で打ちつけるやら、私と父はもう喧嘩腰でした。母がいなくなって初めて私は、一家にとって母というその存在の大きさを体で感じることができました。

一晩で母は帰ってきたのですが、少しやつれていました。六週間程度、通院して内科的な治療を続けねばならず、場合によっては手術する必要がありましたので、自宅でもとにかく無理をしてはいけない、とのことでした。私の介護はしばらく父一人が背負うことになり、仮にもこれが農繁期と重なった時期であれば、家はかつてない減収を記録しただろうと思います。

幸い六週間養生した母の胃は、ほとんど影がみられないほど回復し、手術する必要はまったくなくなりました。事情が事情だけにこの時ばかりは私も、ほっといたしました。

「私のせいで……」

この一件で、私は家にはもういられないことを覚悟しました。そして、両親の愛情に甘えてばかりいた自分を反省し、前へ出ねばならないと、いよいよ家を離れ次兄のいる病院へ自分の意志で入院する決意をしたのでした。自分で決めた事とはいえ、長いあいだ住み慣れた故郷を去り、父と母に別れを告げねばならないことは非常につらいことでした。

私が三〇歳を迎えようとする春分のことでした。

〈春〉

ポプラ並木が　さわやかな春風に吹かれて揺れている
きれいな声で鳴くうぐいすが春を伝える
春風という名のあなたが私を訪れてくれた
山々は草木で青々としている　川は静寂な音をたてながら流れる

〈夏〉

澄み切った青空　あの夏　昼寝をした　風鈴の音を聞きながら

蝉の声　雨の音　夕立　雷　昼寝のあとのスイカ　家族で食べた
蒸し暑い夜　蚊取り線香をつけながら　茅《かや》の中で寝た

〈秋〉
秋は夕暮れがきれいだ　夕方になると　あちこちの家の煙突から　煙が出る
よく風呂を沸かした　木々の残り火で　さつまいもを焼いた
おかんとおとん　弁当を持って山へ働きに行ったな　俺もついて　行ったな
箸を忘れて　枝を箸代わりにしたな

〈冬〉
冬は山々を雪化粧して染める　コタツに入り　ミカンの皮をむく
俺は田舎の風景　家族の団欒　出会えてよかった

＊　　＊

――末弟が家を見切ろうと思った経緯です。母にとって負担だった末弟。いざ別れるとなると手放したくなくなるのが親の気持ちというものでしょう。父と母が引きとめても、末弟は病院へ入るといって譲りませんでした――（弘一）

2章

次兄の決行

◎この章は、次兄の俊二自身が、ワープロなどをつかってまとめたものです。

もっと走りたかった

この病棟にきてから早や二〇年がすぎようとしている。卒業を待たずして、ちょうど小学校五年生の春に、故郷を出てこの病棟に入ることになった。

街はずれの小高い丘に位置するこの病院は、戦前から戦後にかけて大規模な結核患者収容の場だったらしく、周辺の住宅地から隔絶された感のある広大な敷地と、四階にある結核病棟がその面影をわずかに伝えている。医学の進展に歩調を合わせるかのように、結核患者の減少とともに脳性マヒや筋ジストロフィーなど、重度心身障害者をカバーするこの地方の中核的な病院として位置づけられてきた歴史を有していた。

病院玄関の正面には、こんもりした竹林が視界をさえぎり、そのすき間からは車線のない道路をへだてて学校のグランドくらいの大きな溜め池が悠然と横たわっているのが見える。鬱屈《うっくつ》した入院患者からすれば、その向こうにある住宅地との平面的な距離感をさらに手の届かないものにしている感がある。

病院裏手には養護学校の校舎が隣接し、景観に触れることで安らぎを覚える場所があるとすれば、病院と養護学校をつなぐアーケードから西側に広がる歴史的な風景が唯一のものだった。病院敷地の随所に桜の木が植栽され、一般にはそういった病院の沿革より、どちらかといえば桜の名所として有名だ。桜咲く時期だけが病院で療養しているという現実を忘れさせ、かわりに四季のなかで生き、そして、春は必ず巡ってくるという事実を私たちに知らせてくれるものだった。

生まれながら病んでいた私は、皆より走るのが遅かった。

負けず嫌いだったので体育の時間とても悔しがったらしく、見かねた親が同じ病気を持つ仲間と一緒に勉強させたほうがよいと、この病院に入れることを決めたものだった。実際、かよっていたのは山奥の小学校だったので、通学路の起伏が激しかったり、正門の石段の登り降りや教室を移動する際の階段など、不自由な私にはあまりにも障害が多すぎた。

新しい仲間に出会える期待と不安を胸に、強い風に乱れた前髪を正すことさえ忘れ、この病棟に来た日を思い出す。

今日も早朝から、あの日とまったく同じ天候になった。昨日とはうって変わり、今にも降り出しそうな厚い黒雲が空をふさぎ、天晴《あっぱ》れ咲き誇る八重桜を憎むかのごとく、春の嵐が赤みの頂点に達した花弁を、無情なまでになぶる、荒れた朝だった。

時間さえとまってくれたらと、私はこの二〇年間何度も思った。

そんな朝、雄次は亡くなった……。

最初の一年、私はこの病棟になかなか打ち解けることができなかった。自分では誰とでも付き合える人間だと高をくくっていたが、現実は厳しく、わざと無視しようとする者や理由なくいじめようとする者があとを絶たず、予想以上にこの病棟に馴染むことができなかった。

歩けなくなったら、という恐れと不安が常にあったにせよ、健常者が私たちを理解するのが難しいように、私もまた車椅子で生活する子どもたちの気持ちをくみ取ることができなかったのかもしれない。

車椅子で生活する子どもたちの一人一人が背負っている心の歴史は複雑だ。生まれつき歩けない子どもがいる。走ったり歩いたりしていたが、その意味をすでに忘れてしまった子がいる。昨日まで歩けていたが今日から歩けなくなった子もいる。歩けなくなったことを認めたくないばかりに、車椅子の生活を拒否する子どもさえいる。

私はもともと走れた。もっと、もっと走りたかった。なのに走れなくなった。時がたつにつれて歩くこともつらくなった。車椅子のほうが楽だと思うようになった。

そう思うようになった時、ちょうどこの病棟に来てから五度目になるはずだった桜の開花を待つことなく、遂に歩けなくなった。そして車椅子の生活が始まった。皮肉なことに、子どもたちと自然に目線を合わせることができて初めて、この病棟の仲間入りができた気がする。

走る、歩くという行為がただごとでないことは、走ったり、歩けなくなった時にしか理解できないこと、その時までは絶望や挫折という言葉に実質の意味はないことを私は知った。

そんな最初の五年間、病院生活になかなか慣れない私のよき話相手として、根気よく励まし、助けてくれたのが電動車椅子で生活していた雄次である。

私と同い年、この病棟では私より六年先輩、今年三二歳だった雄次。まだまだこれからだった。

面倒見がよく、瑣末《さまつ》なことは気にしない性格だった雄次。私とは不思議とウマが合った。養護学校では、中等部、高等部と席替えのたびに、あの手この手で先生に頼んでは机を隣合わせにしてもらい勉強した。試験の時は決まってカンニングしたものだ。

さらさらした、やや硬めの髪、凛とした切れ長の眼、才気を感じさせる小鼻の輪郭、わずかに微笑《ほほえみ》をたたえた薄い唇。全体として包容力を感じさせる顔立ち、縦、横、斜め、どこから見ても、「病気」という二文字がなかったならと、つい想像してしまうほど、さる人気俳優に似て男前だった雄次。私は少しうらやましく思っていた。

雄次との思い出は募る……。

この病棟に来たばかりのころ、一人だけ分別ない奴がいて私はとても苦手にしていた。電動車椅子の誤操作を口実に、補装具をつけ壁伝いに歩く私の足を後ろから引っかけようとしたそいつに向かって、

「卑怯な真似すんな。気に食わんかったら堂々と正面からやれ」と、声を張り上げてくれた。廊下ですれ違いざま『早う歩けんようになったほうが楽やで』といい放たれたことを打ち明けたところ、「あいつの親はここ一年、一度も見舞いに来てないのや。淋しいと思う。堪忍したってくれ」と、息を吹きかけるように耳打ちしてくれた。

歩けなくなったころ、一時自暴自棄になった私は、この足さえ動いてくれたなら歩いて父や母のもとに帰れるのにと、自分の足を叩き、時には爪で引っかき、底が見えない絶望と自己否定にふさぎ込んでしまったことがある。弟が私のあとを追うかのようにやってきたことに、かえって里心に火がつき、消灯時間がすぎても一人星空を見上げることが少なくなかった。

故郷の方角に向かって肩を落とす私に、

「俊二、いつかは親と離れなければいけない時が来るんやから。弟のためにも頑張ったれ」

と、優しく声をかけてくれた。

それから毎日のように、「俊二、おはよう!」と、朝いつも顔を合わせるなり、気にかけてくれた。一日をやる気にさせてくれた雄次、思い出はつきない……。

私の病院での二〇年間は、そのまま雄次との二〇年間といってもいいすぎではなかった。頼っていた雄次を失ったとき、雄次を悼《いた》む以上に、私は進んでいく病気と、淡々と無情に時を刻む時間を呪った。

進行性筋ジストロフィー……

この病気は、筋肉が次第に変性、萎縮していく遺伝性の疾患といわれる。多くは幼児期に発病し肩や上腕、腕など、胴体に近いところから筋萎縮が緩《ゆる》やかに進行するもので、私のように、比較的筋萎縮の進行が遅い「肢帯型」と呼ばれるものから、進行が早い「デュシャンヌ型」まで三〇数種類はあるといわれる多様な筋萎縮の形態があり、しかも同じ型であっても、かなり個人差がある。

進行が極端に早い場合、小学校の入学を待たずして車椅子の生活を余儀なくされる子もいる。日本人にだけ特徴的な型もある。

医学分野としては神経内科学の研究領域に属し、専門的には遺伝子レベルのジストロフィン結合蛋白の欠損にその原因があるとされるが、残念ながら治療方法の確立にはいたっていない。

いつか、この病気が遺伝性であると聞いた私は、理解できもしない医学書を調べようとしたり、先生や看護婦さんに手当たり次第、訊ね回ろうとしたことがある。納得できない解説や説明に、父や母の記憶をさかのぼり、家系図など資料を集め、できる限りのルーツをつかみたいと思ったことがあった。が、結局この病気らしき祖先を探り当てることはできなかった。神仏が私に与えた「突然変異」という名の運命だ……私の二〇年間の結論だった。

男と女が自然に愛し合った結果、人間の子として生まれる以上は誰でもこの病気を背負う可能性がある。つまり、家系の問題ではなく、人類的な規模で遺伝性の病気なのだ。「筋が悪い」とか「あの家に限っての問題」とか偏見で片付けられる安易なものではなく、さる高名な先生がいうように「この病気の子どもは、社会の名において責任を持たねばならない」のだ。遺伝子診断が発達し、いくらこの病気の子どもが少なくなっても、人間がこの世に存在する限り、そして今を生きる人間に治療が施されない以上、依然として病を根絶したことにはならないのである。遺伝子の異変という得体の知れない気まぐれによって、十万人に四人の確率で発症するというデータだけをみれば、たとえが適切ではないけれど、超満員に膨れ上がった甲子園球場でホームランボールをキャッチするようなものだ。それはもう運、不運としかいいようのない世界だった。

雄次は「デュシャンヌ型」だった。

病の進行が比較的早い子どもたちが、挫折感やフラストレーションによる情緒障害(たとえば突然奇声を発したり、執拗に同じことをくり返したり)を引き起こすケースがたまにある中で、最期まで自分と自分の役割を見失うことがなかった意思の強さを私は尊敬していた。

「『健全な肉体に健全な精神が宿る』とは、筋骨隆々としたギリシャ彫刻に幻惑された誤訳。正しくは健全な肉体には健全な精神が宿ってほしいと、願望を表現したものなんだ。俊二、肉体だけがすべてじゃない。精神力と想像力でカバーしていこうぜ」と、すこぶる機嫌よい時の、雄次十八番の軽口だった。

ついこのあいだまでの陽気な言動が嘘のように、ここ二、三日風邪をこじらせ寝込んでいた雄次は、主治医の先生や看護婦さんの献身的な看護虚しく、人工呼吸器のマスクの効果もなく、静かに眠るようにして、今朝、息を引き取ったのだった。

残された大学ノート

病棟の窓をおおう散り際を迎えた桜。そして、それを見届けようとする雄次の片手にあった一冊の大学ノート。そこには病棟脱出への思いが、ちょうど一頁《ページ》分、几帳面にも一行目から行を空けることなく、切ない思いが記されていた。

だが、同時に残されたおびただしい空白の頁が気になる。

雄次の死は、雄次の病が末期にあることを私が知ってからちょうど一年目のことであった。

昨日入ってきたばかりの子どもや、雄次の人柄を慕った幾人かの子どもたちは、これが原因で食事の時以外、病室に閉じこもりがちになった。夭折《ようせつ》していく仲間を見送ることに慣れた私も、精悍な面影失せた雄次の痩顔を正視することができなかった。

健常者と同じように普通に生活したいという夢を持っていた雄次は、しばしばこの病棟から脱出しようとし、看護婦さんを困らせた。私もこの脱出計画に一度だけ誘われ、深夜脱出を試みた雄次のあとを追ったものの、当直していた看護婦さんに発見され、連れ戻されたことがあった。
けれど雄次は何度さとされようと、ひるむことなく、日を改めては計画を練り直し、実行に移そうとするのだった。末期を迎える半年ほど前だろうか、一回だけ病院中が大騒ぎになった事件がある。

ある夏の、寝苦しい晩のことだった。

この病棟は、病院本館の北側に位置する筋ジストロフィー患者だけの病棟である。夜間は、ナースステーション窓口の真ん前にある西正面玄関が唯一の自動扉による出入り口で、二四時間自由に行き来できるようになっていた。
その日の深夜の当直は、ベテランの看護婦さんと勤めて間もない若い看護婦さんの二人である。深夜二時に病棟を巡回していたベテランの看護婦さんが、雄次が当然寝ているはずのいつもの病室にいないことに気付いた。

「雄ちゃんがいない……」

青ざめた彼女は、もう一度順番に一つ一つ病室をのぞいては、小さな声を出しながら雄次の居所を探して回った。

折り悪しく、いつにも増して病室のあちこちからナースコールが絶え間ない夜だった。寝返りを打たせて欲しいと訴える子、背中や胸を乾いたタオルで拭いて欲しがる子、これといって用事がないのに話し相手になって欲しいとせがむ子……。二人ではとても手に負えないと思った彼女は、病院本館で宿直していた婦長さんに応援を求めた。

飛んでやってきた婦長さんが、雄次の病室からは廊下をはさんで斜めに位置する私の病室を訪れた時、私は熟睡していた。

「俊ちゃん起きて、雄ちゃん知らん？　ね、雄ちゃん知らん？」

雄次と私がとても仲の良いことを知っていた婦長さんは、返事をもらうまで同じように囁《ささや》き続けた。

「雄次……寝てるに決まってるやろ」

看護婦さんにまた叱られたかと、夢見心地に不機嫌な私を見て、婦長さんは出ていった。婦長さんが出ていってから気になって眠れなくなった私は、「雄次……雄次……雄次」と、虚ろな意識のなかで何回も雄次の名を呼んだ。

名を呼ぶうち、もう本当に眠れなくなったと思ったその時、廊下の床を強くこするように「キュキュッ」と、一瞬行き交った足音は私の鼓膜を痺《しび》れさせた。とっさに、私は病棟に異変が生じたことを直感した。そして、しばらくしてから廊下をはさんで真向かいの子どもが「雄次兄ちゃん！」と、寝言にしては病棟を揺るがすほどの叫び声を発した瞬間、私は雄次の身に何かが起きたことを悟った。

手薄な夜間とあって、婦長さんは、喘息、ネフローゼ、小児麻痺、脳性麻痺、各病棟のナースステーションへ応援を頼んだ。すぐに三人の看護婦さんが懐中電灯を手に駆けつけ、婦長さんを含め六人の看護婦さんがそろった。

お礼もそこそこに、婦長さんはナースステーションを中心に、ベテランの看護婦さんには西斜めの食堂や厨房、その周辺を、若い看護婦さんには北側の共同浴場や浴槽を、応援に来た一人にはもう一回それぞれの病室と共同トイレを、あと二人に、南側左右に病室が並ぶ廊下を真っ直ぐ東へ……突き当たりの多目的ホールや音楽室、工作室、訓練室を探すよう一気に指図した。

「車椅子に乗ってるから……すぐ行って！」

五人の看護婦さんは走った。走り出した背中に向かって婦長さんは、思い出したように叫んだ。

「男前な子だからすぐわかると思う！」

婦長さんはナースステーションに腰をすえ、持っていた携帯電話で本館の夜間受け付けに連絡を取った。

「筋ジス病棟の婦長です。本館の事務当直さんはお休みですか？」

代わりに夜勤の守衛さんが出た。

「こんな時間ですから、もうお休みになってます……」

「起こしていただけませんか。大変なんです！　患者の一人で雄ちゃんがいなくなったんです！」

「雄ちゃんといわれましても……今日は寝苦しいですし、その辺へ散歩に出かけられたんじゃ」

「何を寝ぼけたこと！　筋ジス病棟のどこに散歩できる子がいるんですか！」

「わかりました。とにかく私もそちらへ向かいます」

間もなく守衛さんと管理課の職員が小走りにやって来た。婦長さんは呼吸を整えた。

「中は看護婦で探してますから、病棟敷地あたり、念のため本館敷地も探してください。できればあの溜池も、ボートを浮かべ調べて欲しいですが……」

数年前、婦長さんがこの病棟に赴任して間もないころ、溜池に入院患者の死体が浮いたことがある。婦長さんがこの病棟に来て初めて接した事件だった。それ以来、土地改良区と病院は、敷地境界を巡り裁判で争い、二年ほど前に雄次の父親である県会議員が仲裁に入り、やっと和解したばかりだった。これが尾を引き、今でもフェンスの費用分担や管理方法で、いつ争いになってもおかしくない火種がなおくすぶっていた。

寝ぼけて締まりない管理課の職員の顔がさっと紅潮した。

「あれは、うちじゃなく、土地改良区の管理区域です。病院長に頼んでください。そんなに興奮しなくても、あそこは二メートル以上の高いフェンスで区切られてるんですよ！」

「とにかく一刻も早くお願いします！」

妥協しない婦長さんの口調に、ようやく事態を認識した守衛さんと管理課の職員は、病棟の敷地や浄化漕、フェンスの内側に沿った側溝、念のために本館の屋上まで探すことになった。知らせを受けた当直の医師や協力を申し出た患者も加わり、病院全体での捜索が始まろうとしていた。病院では、五月ごろから、深夜自殺する者がにわかに増え、つい一週間前にも腎炎を患った老人が屋上から飛び降り自殺した記憶が生々しく、病棟は緊張した空気に包まれた。

しばらくして戻った五人の看護婦さんが口をそろえた。

「婦長さん、どこにも見当たりません」

応援に来たある看護婦さんは、トイレの便器の蓋まで開けて確かめた、ということを強調していた。

病棟にはいない、ということを確かめた婦長さんは、真夜中の時間帯にも構うことなく雄次の親元へ連絡をとった。あいにく、家の者は不在で、代わりに住み込みのお手伝いさんが「もう何十年も帰っていない」とのつれない言葉を返した。婦長さんは、至急父親に連絡をとるよう伝言した。焦った婦長さんは、病院長、主治医、事務長へ雄次がいなくなったことを伝え、指示を仰いだ。

病棟の騒ぎが一段落したころ、自宅から主治医が車で駆けつけた。慌てて服を着たらしく、腰のベルトあたりからパジャマの裾が舌を出したように顔をのぞかせている。しかもカッターシャツをめくり上げた袖の位置は左右非対称だ。先生は真っ直ぐ婦長さんに駆け寄った。

「雄次君がいなくなったって、本当ですか」

「この病棟にはいません。外ではまだ捜索が続いてるようです。先生、警察や消防に連絡とったほうがいいのではありませんか」

「それは私の仕事じゃないでしょう。それより雄次君の体のほうが心配だ。心肺機能がかなり弱ってきている。そろそろ人工呼吸器マスクをつけるよう切り出そうかどうか、迷っていた矢先なんだ。彼は辛抱強かったから……それにしても一体どこへ」

「雄次君はよく病院を抜け出そうとしていたから……でも一人じゃ無理だし……」

ナースステーションで主治医、婦長、五人の看護婦さんが円陣を組み立ち話しているところへ、滅多なことでは病棟に訪れない病院長が、足どり重くやってきた。巨体を持てあまし気味の病院長は、太鼓腹をさすりながら甲高い声を円陣に投げかけた。

「とにかく、こんな時間だから、騒ぎすぎるとほかの患者の迷惑になる。連絡すべきところへは連絡して、夜明け、もう一度対策をとることにしよう。ここだけの話、雄次君の家はこの地方で有数の資産家だから『誘拐』という線も考えられる。警察や消防は私から内々に連絡しておく。土地改良区は必要ないだろう」

顎を右手で支え少し間を置いたのは、考え事をした時の病院長のいつもの癖だった。

「じゃ、何か動きあれば院長室まで連絡するよう、では！」

そういい残した病院長は足早に本館へ戻って行った。途端に円陣は解けた。病院長が去ったあと、廊下は水を打ったように静かになった。鳴り響いていたナースコールも一瞬途絶え、息をひそめた病室は皆、事の成り行きに耳をそばだてているようだ。

起きようにも一人では起きられない私は、床頭《しょうとう》の明かりだけをつけた。薄暗く静寂な空間は、どうしようもないほど死の世界を予感させ、一人でいることの息苦しさを感じるには十分だ。

「雄次はどこへ行ったのだろう……まさか……」

雄次がこの世からいなくなる、私はそんなことさえふと想像していたのだった。中途半端な闇におびえた私は、瞼を閉じるよりほかなかった。眠ろうとすればするほど、闇の向こうから聞こえる犬の遠吠えに、神経が高ぶった。結局、昼前にこの事件が解決するまで私はほとんど眠ることができなかった。


午前四時、五時、六時……

外では夜を徹しての捜索が続いていた。苛立《いら》った婦長さんは夜明けを待ちかねたように手あたりしだいに電話をし始めた。雄次が月に一回礼拝にかよっていた教会、毎週火曜日に出かけた作業所、近くのスーパー、友だちの家……、可能な限りの相手先を探して、婦長さんは根気よく電話した。

「これで一二件目か」

雄次の友だちで、ボランティアでもある近藤君のアパートに電話がつながった時だった。

「朝早くからすみません。大東中央病院の筋ジス病棟ですが、そちらに大野雄次君、行ってませんでしょうか」

「あ、雄次君ですか。それならここでお預かりしてます。ご心配なく」

聞き慣れない軽い声だった。電話口の向こうで複数の笑い声が聞こえる。

怒りがこみ上げた婦長さんは、命令口調で近藤君を電話に出るよう促した。

「近藤ですが……」

「近藤君、近藤君がそそのかしたの。何が目的？　どういうことか解ってる？　雄ちゃんは大丈夫」

「……」

一気にまくしたてる婦長さんを無視して、電話は切れた。

何の事はない、雄次は深夜零時すぎ、ちょうど看護婦さんが交替する時刻に、いつも「ボランティア」として慰問に訪れる近藤君の手を借りて、自分の意思で脱出したのだった。近藤君は病院の東側の住宅地にあるアパートの一室に住んでいた。この病棟とは目と鼻の先である。婦長さんはすぐ院長室へ電話した。

「院長、雄次君の居所がわかりました。近藤君のアパートです。数人のボランティアさんも一緒にいるようです」

「そうか、近藤君か。すぐそっちへ行く」

婦長さんの乱れぬ白帽に較べ、やってきた病院長の逆立った薄い髪の毛が気にかかる。病院長は声を顰《ひそ》めた。

「事が大きくなり、マスコミにでも取り上げられると病院の管理体制が問われ、厄介なことになる。なんとか、近藤君を説得しなければ。彼は僕の後輩だし、うん、手は山ほどある。深夜勤務で疲れていると思うけど、もう少し辛抱してくれないか」

婦長さんは憔悴《しょうすい》を隠せない表情で小さくうなずいた。

過激な自立支援

近藤君は、さる医科大学の六回生で神経内科学を専攻し、医療研究サークルのメンバーである。週末には決まってこの病棟を訪れ、雄次と『病院とは何か』とか、『病院と地域』について議論していた仲である。

彼には「思想」があった。それは『健常者と障害者は本来同一である。したがって、地域で同じように暮らすのは当たり前、この病棟のように一箇所に同一の疾病を持つ患者を集めるやり方には断固反対する』という過激なものだった。

「雄次さん、俺のところへ来るなら、いつでもＯＫですよ」

大言壮語してははばからなかった彼は、口を開けば常に病院そのものを解体し、患者を地域に解放すべきだという革命的な理論を唱えていた。現実離れした理解しやすい意見だっただけに、それが返って、人間関係や勤務時間、給料、休暇、そのほか諸々の勤務条件に不満を抱く一部の若い看護婦さんたちの中には彼に心酔する者も少なくなかった。

午前八時、病院長の命で「大野雄次君——対策連絡会議」なるものが結成された。メンバーは、病院長、事務長、神経内科学医長、主治医、助手、筋ジス病棟婦長、雄次を担当する看護婦の計七名である。

さっそく第一回（最初で最後）の会議が病院本館二階、病院長室すぐ横にある大会議室で開催された。

全員そろったところで病院長が切り出した。

「早朝よりご出席いただき、ありがとうございます。これまでの経過を説明致しますと……」

「院長、趣旨は事務局を通じ皆さんすでにご存じです。早く前に進めてください」

「では皆さん、どうすれば……」

「雄次君の父親は何とおっしゃられているんですか」

「父親は県会議員だから選挙で忙しい……いや彼からは七時に連絡あったのだが、『選挙前だし、とにかく事を荒立てないように』と強くおっしゃられていた。病院としてもこの難局に組織として対応したい」

「病院長、忙しいのは政治家だけじゃありません。早く看護に戻らせてください。これからが本番なんです。朝の食事が終わったといっても、排便や排尿、こういう事件が起これば毎回こんな会議をするんですか！」

ヒステリックな声をあげたのは、雄次を担当する若い看護婦さんだった。

「今回は特別だ、と考えて欲しい」

「なぜですか？　政治家の息子だからですか」

病院長はこの看護婦さんをにらみつけた。

「それは、さっきいったように組織として事を荒立てないようにということだ。この病院の最高責任者は私なんだ」

神経内科学の若い助手がおっとりした口調で尋ねた。

「病院から患者がいなくなることは、つまりその、法的にはどういうことなんでしょうか。それが一番肝心だと思うのですが」

事務長は分厚い規定集を広げた。

「ここは公立ですから、患者は病院の定める規則に絶対的にしたがってもらう義務があります。一晩外の空気を吸ってみたかった、それがたまたま無断であったというだけなら厳重注意ですみますが、これが頻繁に続きますと、医療行為に重大な支障が生じますので病院規則を適用し、強制退院という手続きも考えられます。

誘拐となれば別ですが、近藤君とやらが、そそのかしたかもしれませんし……そうなれば話が少しややこしいのですが……」

「一刻を争う。要するに、まず近藤君のアパートに出向いて話を聞こう。ここは父親の大野先生にご同行願わねば。私が病院長としてすぐ連絡する。以上」

解散しようと皆が椅子を立とうとした時、病院長は思い出したように、この件くれぐれも口外しないようにと、つけたすことを忘れなかった。県会議員をしている雄次の父を先頭に、病院長、主治医、婦長、事務長の四人が雄次のかくまわれているアパートへおもむくことになった。

一方、アパートでは近藤君のほかに、同じサークルに属する二人の学生が「支援」に駆けつけていた。狭い台所で車椅子の雄次を取り囲み、口々に事後の対策を雄次に尋ねた。

「雄次さん、どこまで本気ですか？」

「もう、病院へは帰らない。普段からみんないってくれてるじゃないか。患者を地域に解放すべきだと。ここは病院じゃないから、僕はもう患者じゃない」

「親に同意してもらって、正式に退院の手続きをして出たほうが、いいんじゃないですか？」

「僕の親がそんなに理解ある親だと思うかい。何年も前から僕はもう家には頼らないと決めたんだ」

それにしても雄次の家庭は複雑だった。

実母は雄次が小学校に入学する直前、亡くなった。同時に、雄次はこの病院に預けられた。母の一回忌を待って父は再婚し、その間にできた長男が現在跡をとっている。その関係かどうか、雄次はこの病院に来てから母の一回忌に家に帰って以来、父が再婚してからは正月も、お盆も、とにかく十数年間実家の敷居をまたごうとしなかった。雄次には実の弟が一人いた。父の許嫁《いいなづけ》を断わった関係で、父に勘当されていた実弟は、アメリカ人女性と結婚し、現在テキサス州の牧場で働いているらしく、雄次にしばしば絵葉書を送っては様子を知らせてきていた。雄次は、この実弟をとても大事にし、音信を欠かすことはなかった。

現実を踏まえない理論が、いざというとき役に立たないのは、何も雄次の場合に限ったことではなかった。

「患者を地域に解放すべきだ」とか「障害者は健常者と同じように地域で暮らすべきだ」とか、そういった理屈は現実を浮び上がらせる手段としてのみ有効で、現状を変えるにはほとんど無力な代物だ。質疑応答はなお続いた。

「薬はどうします?」

「一ヶ月分は用意してきた。普通の人と同じだから、必要になったら外来へ行って……普通の人と同じ」

「体の具合が悪くなったら、どうします?」

「入院の手続きをすればいい」

日ごろの言動とはおよそ似ても似つかないサークルのメンバーに、雄次の忍耐は限界だった。『いざとなったら頼りない奴らばかりじゃないか！』一つ唾を飲み込み、喉まで出かかった怒りを雄次はぐっとこらえた。

私が婦長さんにあとから聞いた話によると、アパートでのやりとりの概要は、次ぎのようなものだった。

事務長を外に残し、病院長と婦長さんが中に入った。狭い玄関で立ったままのやりとりだったらしい。病院長が口火を切った。

「近藤君、雄次君を病院へ返してやってくれないか」

「……」

近藤君は、うつむいたままだった。

次いで婦長さんが、淡々とさとすように会話を継いだ。

「近藤君、近藤君の考え方、心情的にはわかる気がするけど、現実の社会ではとても無理だと思う。

このままで、どうやって生活するつもり？　来年就職でしょ。院へ進んでも勉強あるでしょ。雄次君の世話をする時間、どこにあるの？」

「婦長さん、これは僕の意思なんです。近藤君は二五歳、僕は三一歳です。近藤君は関係ありません。みんな僕の目を見て話してください」

なおも言葉がない近藤君に代わって雄次が応え、雄次がそういってからは、主に父子の会話が中心になった。父は雄次に病院へ帰るよう説得した。

「雄次、お前一人のために病院長まで心配して迎えに来てくれてるやないか。早う病院へ帰ろ」

「そんな、カッコつけてるだけや。義弟だけが大切なんやろ。俺なんか、どうとも思ってないくせに！」

「そんなことあるかい。ちゃんと血がつながってるやないか。政治家いうのは忙しい職業や。かまうことでけへんだけ。わかってくれ」

「嘘つき！　パリッとして、カッコつけて、見舞いに来るんはいいけど、いつも選挙前だけやないか」

「……」

告示を一週間後に控え、明日は事務所開きの日である。選挙が近づいているだけに、父は何とか今日には事を決着させたかった。わざとらしい咳払いをして父は続けた。

「で、雄次、一体何が不満なんや。俺が週一回病棟に顔出したら納得してもらえんのか」

「違う。俺がこの病院を出たいだけや」

「病院出るいうたって、そんな体で、どこで、どうやって住む？」

「そんな体って、どんな体や！」

「……」

「病院出て普通に暮らしたい！　社会を見てみたい！　わからんのか。世話したろいう気持ちあったら同居してくれてもええで！」

「普通に暮らすいうたって、そんな無茶な」

病院長が横から口をはさんだ。

「ボランティアの人たちと一緒に住んで、地域で共に学び生活している人はあります。もちろん、親の理解と協力あっての話ですが……」

雄次の父は激戦を予想される選挙のことで頭が一杯、そろそろイライラし始めていた。

「とにかく、わかった。近いうちに住まいやボランチアいう人たちと生活できるよう俺も協力する。約束する。これだけ迎えに来てるんや、ここは一つ病院へ帰ってくれ、頼む」

前かがみに腰を折ったせいか、こてこてにポマードで固められた髪の毛が少し乱れたようだった。父が頭を下げたことで雄次の気も少しは晴れた。雄次は意見を求めるように近藤君の顔をうかがった。

近藤君はいつもの「思想」を一言も唱えるどころか、惨めなほど終始黙っていた。あとから聞いた話によると、病院長が彼の母親を通じて、来年からの臨床研修や就職の便宜を確約することで雄次を「解放」するよう頼んだのが功を奏したのだった。雄次の気持ちを代弁するかのように、支援に来ていた一人のボランティアが眉間にシワを寄せ口を開いた。

「お父さん、雄次君は本当に出たがっています。雄次君が地域へ出ることで世の中、少しは変わると思います」

「何を偉そうに。あんたにいわれんでも地域のことは、この俺が一番よう知っとる」

こうして雄次は連れ戻された——。

社会へ出たい

この事件があってから雄次の夢は実現しそうに思えた。ところが、見事激戦を勝ち抜き当選した雄次の父親は、また元のように病棟へはほとんど顔を出さなくなった。病棟でも雄次の行動には注意するように、との暗黙の合意がなされ、深夜交替する看護婦さんの引継事項の一つに加えられた。雄次と近藤君との仲は疎遠になり、親しかった数人のボランティアも雄次を離れた。父と子のあいだで交わされた約束を、誰も保証できる者はいなかったのである。

みんなが脱走事件にかかわっているあいだも、雄次の病気は着実に進行していった。この事件から雄次の生命力は急激に衰え始めたようにすら私には思えた。

秋がすぎ、冬が来て、脱出事件から半年たらずで雄次は末期を迎え、そして、今日という日を迎えたのだった。

私は、のちに雄次を語る唯一の物証となったこの大学ノートを譲ってほしいと、葬儀の日、雄次の父親に申し出た。棺の中に入れられようとしていたノートを、潤んでいたはずの私の目が幸運にも見つけたのだった。父親は喜んでこれを承諾してくれたのである。

青い静脈を透けさせ、白く薄い肉が指の付け根から爪の先までの輪郭を縁取る不如意な手に、ボールペンを握りしめ、押さえつけるように、人目を忍んだ小さな文字で、何日も、何日も費やし書き綴られた筆跡からは、雄次の並々ならぬ思いが伝わってくる。

青春時代を養護学校の図書室ですごした雄次は、三島由起夫をこよなく愛した。四五歳で自決したその生き方に惹《ひ》かれ、「金閣寺」を焼き払った若い僧のように何かを決行しなければ道は開けないことを絶えず私に語っていた。『百の議論や認識より、一つの決行が大切』……雄次が最も得意とする台詞《せりふ》であった。それだけに、あのとき連れ戻された雄次は、どんなに悔しかっただろう。

雄次の遺書ともいうべきこの大学ノートに書かれた文字を、私は何度も目で追った。そして、雄次の思いを心底理解したい一心で、形見となった、時がたてば消滅しそうな文字を一句たりとも漏らすまいと、強く、強く書き写さずにはいられなかった。

一頁

『春が来た。実行を延ばし延ばしすることにためらうことはないが、一人ではどうしようもない。

白昼、正面玄関から何食わぬ顔で脱出を試みたものの、万引きでもしたかのような後ろめたい気持ちに迫られ、思わず引き返したことがある。深夜密《ひそ》かに、正面玄関から看護婦さんの目を盗んで外へ出てみたものの、夜風の冷たさと淋しさに踵《きびす》を返したこともあった。

親父と約束したものの、当選したと思ったらまた同じ、もう当てにはできない。

金は無駄使いせねば心配ない。制度はすべて調べあげた。年金、生活扶助、住宅費補助、介護交通費補助、冠婚葬祭にかかわる補助にいたるまで……。けれど、住まいにしても身障用の住宅がそう簡単に空くとは限らないし、ボランティアさんだって、自分で集めるとなると、なかなか大変だ。

連れ戻されることを期待しての決行なら意味がない。ままごとじゃないんだ。一年三百六五日、一日二四時間、毎日生活するとなると、気の遠くなるような人の支援が必要だ。一人月一回、八時間来てもらうとして、一日三交代で三人、一ヶ月単純に計算して九〇人必要となる。都合の悪い人も出てくるだろうから、最低百人は必要。月二回お願いするとしても五〇人。平日、各四時間づつホームヘルパーさんの派遣でまかなうとしてもだ、そんなに数字は変わらない。頼みの学生さんも仲良くなれたと思ったら、卒業し就職して俺から離れていく。

「ボランティア」を自由意志とか、志願者とか、正確に訳せたところで、何だというんだ。ボランティア活動には学生ばかりか、主婦や市民まで積極的に参加しようとする欧米の社会環境や宗教的な背景を学んだところで、一体どうだというんだ。厳しいこの国の現実を前に何の役にも立たないじゃないか。

俺はどうすればいいのだろう。

思えば、俺は小さい時母と死に別れ、病気だというので、この病院に入れられた。幼なかったので選択の余地がなかった。

現代医学でも解明できないのなら、誰が俺のことを「病」と決めたのか。病と決めてもいい、じゃ誰が、なぜ、病院へ隔離しようとするんだ。そんな法律はない。ひょっとしたら、俺は正常なのかも知れない。堂々と外で住む権利がある、いや、そんな気張らずともそれで普通なんだ。その普通のことが俺にはできない。

外で生活した時のことを思うと、いつまでたっても人並みに随意筋の震えがとまらない。「社会」へ出て「社会」で活動できるなんて、そんな背伸びはもういい。普通の人と同じように普通に生活できることが俺の夢……嗚呼《ああ》、自分だけのテレビや冷蔵庫、生活の匂い漂う電気製品、クレゾールの臭いのない美味しい空気、消灯時間のない永遠に続く時間を想うだけで、俺は、こんな生活を生まれた時から志《こころざ》しているかのような気さえしてくる。

そんな当たり前のことができないのが悔しい……』

病院の外で暮らすこと……病院での生活しか考えがおよばなかった私には、最初雄次が思うほど魅力あるものに思えなかった。けれど、その意味を考えるようになった。

心の支えを失った私は、長かった雄次との思い出を努めて忘れようとした……悲しみから逃れたいために……忘れることですべてが解決すると思った。自分を熱中させてくれるもの、自分を虜《とりこ》にしてくれるものを、私は求めていたのだった。

ところが、難儀なことに、求めようとすればするほど、雄次と実行し失敗した病棟脱出の夢にうなされ、最近では、またかと夜ふけけに目を覚まし、心臓の鼓動がおさまるまで眠れないこともしばしばである。

頭の片隅にあった、フェンスの向こう側にある普通に生活することへの思いは、現実になり得ないと思うことで憧れに留まり、その域を出ることはなかったが、枕元の本棚に忍ばせた大学ノートは、それをぐっと身近なものに引き寄せてくれる。

『俊二、俺に代わって実現してくれ』

私に、強くそう語りかけてくるようだ。徐々に手元に近づいてくる「社会」。あたかも光りのない闇にライターで火を点じたように、生まれてから接触がなかった「社会」と、自分の将来や家族とのかかわりにおいて、本来、真摯《しんし》に取り組まねばならないはずの大切なものを、私の心に呼びさましてくれた気がする。

雄次は、私に「考える」という術《すべ》を遺《のこ》してくれた。

これを契機にして、彼が夢見たものを彼に成り代わってやり遂げねばならない、そして、この大学ノートの余白を無駄にしてはならない、という使命感が私を追い立てるようになる。悩むより何かを始めねばならない――二三歳の春、私はそう思うようになった。

人望が厚かった雄次の死は、私ばかりでなく病棟の一人一人から、「何かを始めねば」という意識を引き出した。

字を書きたい子どもは、病棟新聞を発行するといい出した。訪れた親にも読んでもらえるよう毎週一回、土曜日に発刊の予定だ。

音楽の好きな子どもは、何人かで音楽サークルを発足させるという。水曜日定期的に発声練習やバンド練習をするつもりでいる。

囲碁や将棋、ゲームに興味ある子どもは、多目的ホールの一角にコーナーを設け、碁盤や将棋盤、オセロをそろえ始めた。

そして私は、それぞれの活動に顔を出しながら、雄次の遺志を継ぎ、この病院を「脱出」する準備を始めたのだった。年を重ねるほど将来の可能性を求めようとする努力が免除されていくような、雄次には申し訳ないような、楽なほうへ、楽なほうへと流されていく気持を打ち消すように……。来年、再び桜咲く日を目指して。

私は「自立」に向け大学ノートの二頁目から最後六〇頁を目指し、雄次を思い出しては「自立」への思いを固めていくことになる。

この大学ノートによって雄次の心は私の心へと引き継がれ、いつの間にか、あれほど忘れようとしていた雄次に少しでも近づこうとしている自分を見い出すのだった。

一〇頁……。

六月梅雨の肌寒い日。今日は病棟一美人の看護婦さんの誕生日。幸い、怖い婦長さんは今日と明日、連休だ。深夜二時、朝を待ちかねた四人の仲間がプレゼントを手に、ナースステーションに集まった。美人の看護婦さんを囲んでささやかな誕生パーティーが始まった。生まれて始めてウィスキーの水割りを一口飲ませてもらった。少し酔った美人の看護婦さんは、一人一人に優しく口づけをしてくれた。甘かった。少々のウィスキーにクラクラするほど大きな罪の意識を感じる。「自立」……僕も好きな人と結婚して二人で暮らしたい。

二〇頁……。

八月、お盆。明日父が迎えにきてくれる。お墓参りに連れて行ってもらえるだろうか。兄や弟に碁で負かされるのがしゃくだけど、家族に会えるのがとても楽しみだ。僕の本心は、やっぱり父や母のところに、家族のところに、生まれた故郷に、帰りたいだけなのかもしれない。いつまでも家族と一緒にいたい……「自立」って本当は何なのだろう。

三〇頁……。

養護学校で運動会があった。僕にもあの子どもたちのように万国旗の下で走れた時があった。走るのが遅かったことも、笑われたことも今となっては懐かしい。歩けなくなったけど、もう一度自分の足で歩いてみたい。できることなら、あのころのように走れるようになりたい。そうなれるかもしれない……それが「自立」。

四〇頁……。

師走、初日。寒い季節がやってきた。もうすぐお正月。弘一兄が入院して手術するらしいから今年は全員揃うのは無理なようだ。今日はいつになく長兄のことが気にかかる。長兄は俺たちとは違って機関車のように走ってきたから、ここらで一息つくのもよいかもしれない。詞《し》でも贈ろう。気持ちが届くだろうか。

この冬を私は歩けるだろうか　木枯らしが吹き付ける寒い冬を

熱い吐息で　私は歩いていこう
暖かい春を迎えるために
厳しい冬に耐えて人間は強くなれるんだから

この冬を私は歩けるだろうか　粉雪が吹き付ける寒い冬を
この人生は私が歩いていく道
暖かい春を迎えるために
厳しい冬に耐えて人間は強くなれるんだから

五〇頁……。

牡丹雪が降った。桜の枝が重そうだ。母が入院したらしく、雄次と同じように本当に帰る場所がなくなってしまった。もうすぐ雄次の一回忌、もう一人で歩いていけそうな気がする。
このあいだ、大震災があった。かなり大きな地震だったようだ。あの街の病院ですごす子どもたちは大丈夫だったろうか。多くのボランティアさんが活躍したという記事は他人事とは思われない。切り抜いておこう。「天災は忘れたころにやってくる」どころか、今年に入ってから数年来、稀《まれ》にみる大雪、地震、そしてここ数日かつてなかったインフルエンザが猛威をふるっているのが何とも気がかりだ。二人の子どもが倒れた。大事にいたらねばよいが。

五九頁……。

あと残り一頁。病棟にいても春の息吹を感じる季節になった。この季節になると、幼いころ近くの梅林に連れて行ってもらったことを思い出す。星のように頭上に点々と咲く梅の花。限りなく蒼《あお》い空が瞼《まぶた》に残る。絢爛豪華《けんらんごうか》な桜も待ち遠しいけど、どちらかといえば寒さを突き抜き、薄紅色に小さく花を咲かせる梅のように私はなりたい。

この大学ノートと共に一年の歳月が流れた。

三一人から出発した仲間は雄次を含め三人の仲間を失った。けれど二人の新しい元気な仲間を加えた。

毎週一回、見開きの病棟新聞は好評である。

詞がある。落書きがある。看護婦さんへの愚痴がある。ボランティアの人へ訴えた悩みがある。定年退職した給食の小母《おば》さんに贈った言葉がある。病棟津々浦々の情報を満載したこの新聞はみんなの思いを一つにしてくれる。来週号には、私が投稿した詞が掲載される。

編集長はとにかくユニークな人物だ。どこから材料を仕入れてくるのか、毎週みんなをアッといわせるネタを一面トップに配し、子どもばかりか看護婦さんも、その耳目《じもく》を惹《ひ》く内容だ。先週の大見出しは、何と「病棟の異性関係について」だった。実名に代えてアルファベットを用い、誰もがそれとなく予想できる病棟の男女関係を長年観察して書き上げた力作だ。

音楽活動は活発になった。

最初六人で結成された「音楽サークル」は、看護婦さんや学生さん、勤めを持った人まで多くの人が参加し、今では四〇人を超える大所帯、その名も「希望合唱団」と名付けられた。来年、県文化会館でコンサートを開催する予定だ。私の詞も作曲されることになり、大勢の前で歌えるかどうか不安だが、やりがいがある。合唱団をぐいぐい引っ張るのは、まだ高等部に在籍中のエレキギターが得意の子どもだ。病気でも才能ある人間はどこか違う。

囲碁、将棋サークルは七人、地味ながら確実に腕を上げている。

来年の県職域対抗試合に病棟代表三名を送り出そうと、それぞれが鎬《しのぎ》を削っている。今度の日曜日、何と県代表レベルの人を招いて特訓するほど意欲的だ。幼いころ、家にあった碁石を思い出し、本格的に教えてもらおうと思っている。常に指を使わねばならないので今一つ気乗りしないけど、積年の悔しさを晴らすために、弟の鼻をへし折るまで頑張ろうかなと思ったりもする。

病棟での活動に歩調を合わせるように、この一年で余白がついに残り一頁となった大学ノートを読み返し、私は一年間を振り返っていた。

最初、雄次がやろうとしたことは、私にはほとんど理解できなかった。週刊誌の表紙を飾る離婚や不倫、自殺。新聞の三面記事を賑わす殺人や放火、贈収賄事件。こみあげる「社会」に対する憎悪と意識的な無関心。かと思えば、より美しく、より逞しく、より早くと私たちの「存在」への価値観とは相容れないテレビによる優生思想の大合唱だ。肉体的な自己否定と精神的な気後れ。日々送られてくるトップニュースに、それらがすべてではないと心のどこかで薄々感じてはいても、やっぱり社会とはそんなもんだと、積極的に社会とかかわる意義を見い出すことができなかった。

この一年間、病棟の活動を通じ、多くの人と交流してきたお陰で、少しは「社会」というものが見えてきた気がする。病院で見聞きしてきた「社会」とは違う、何か愉快なことが私を待ち受けている、私を受け入れてくれる奥深い懐がある、そんな気がしてならない。最近では、もっと、もっと「社会」を見てみたいという想いが、森林を焼きつくす炎のように心に燃え広がるのを感じる。私も今年でちょうど三三歳になる。考えてみれば、この病気だと知ってから、三〇年近くもいたずらな時をすごしてきた気がしてならない。あれから、この一年こそは意義あるものにしようと、最後の一頁だけは記念すべきものにしたいと、心密《ひそ》かに誓ってきた。

幸運にも一年前から申し込んでいた公営住宅の身障用一戸がこの春から空くという通知をもらった。願ってもないチャンスだ。ここならそう広くはないけれど、家賃が月二万円と安く、この機会を逃せば、いつまた順番が回ってくるかわからない。時間は有限だ。「待てば海路の日和あり」などと悠長なことをいっていられる場合じゃない。

五階建て鉄筋コンクリート一階、六畳の和室、四畳半洋室、台所、手摺り付き洋式トイレにバス。築後二〇年は経過している。古いけどぜいたくはいえない。正面玄関のほか、ベランダをとおり裏口から車椅子で入れるようにスロープが設けられている。見知らぬ人々が共同生活を営む大きな団地の一室だ。入居していた人は、思わぬ自宅の火事に遭遇し、逃げる際つまずいて左腕を骨折、完治するまで一時的にリハビリをしていた気の毒な人で、今年の春に新築した家に移るそうだ。

問題は、雄次がいっていたように、介護のボランティアの人をどれだけ集められるか、だ。

中古ですませる冷蔵庫やクーラーや洗濯機、テレビなどと違い、簡単なようでこれがなかなか難しかった。ボランティアさんに支払う交通費はいくらか行政から補助してもらえる。しかし、肝心のボランティアさんは自力で探さねばならない。これまで知り会えた人はたったの三〇人、それも五人は今春卒業し私から離れていく。本当に悩みを打ち明けられる人はといえば、たった三人だ。どうやって生活するんだ……私は大いに迷った。来年に延ばそう、現実から逃げよう、楽なほうを選ぼうと、そう思った瞬間だった。

「俊二、決行してくれ」

雄次の悲痛な叫びが、私の耳から、私の五体からついて離れなくなったのである。二〇年間、病院での苦楽を共にしてきた雄次の一言だけに、私は何があろうと聞き逃してはならないと思った。そして、この一言が未知の世界への恐れやボランティアさんの募集、生活費のことや数限りない不安を一掃し、私の気持ちを動かぬものにしてくれたのだった。

「悩んでいても始まらない。どうなってもいい。決行あるのみ」

三三歳の春、まだ肌寒い空気に桜の蕾も樹皮に隠れ震えているのを思いながら、私は最後の六〇頁に、大きく『決行』とだけ記した。

窓から見える白い綿雲に乗って
どこまでも空を駆けめぐる
あのころの僕は　ずっと遠くの夢を追いかけていた

窓辺を吹き抜ける風になったら　この部屋を飛び出せる
心の中で叫んでも　風は迎えに来てくれない
そう気づいた時　僕は動き出していた　新しい世界に向かって
僕の夢はきっと　叶えられるのかもしれない
そう呟きながら　友だちの車でハイウェイを飛ばしていた僕は
風になった

＊　＊

——以上が、次兄が病院を出たい、『決行』すると思った経緯だそうです。末弟とは違い、気丈夫な性格だからこそ、長いあいだ病院で頑張ることができたのでしょう。家族の団欒少ない病院で二〇年以上もよく辛抱できたものだと、ただただ感心いたしました——（弘一）

3章　長兄の決断

◎この章は私自身の手記です。利三、俊二同様、自らが「決断」するまでを述べてみたいと思います。

手術

よみがえる記憶……。

手術室に漂う冷めた白湯のような空気は、私の五感を研ぎ澄ませた。

眩しいほど真白な照明が目に痛く飛び込んできたと同時に、薔薇の棘に触れたごとく背中に感じた金属の冷たさは、自らの肉体が切り刻まれることへの恐怖心をさらに増幅させた。

「こちらを向いて横になってください。もう少し背を丸めて、そう、それでいいですよ」

「これから背中に注射を三本打ちます。一本目は少し痛みますが我慢してくださいね。すぐ楽になりますよ」

いわれるまま海老のような格好で背を丸めた私の内臓に、女性らしい艶のある声が染みわたる。

大きな白いマスクで顔をおおった彼女は、その声色と黒い瞳の輝きでしかその人となりを推察することができなかったが、優雅さと知性を感じさせるその目映《まばゆ》い藍色の手術着は、私に幾ばくかの安心感を与えた。見たこともない太く長い注射器に慣れた手つきで麻酔液を注入する仕草は素早く、最後の瞬間まで逃げ場を探し求めていた私の覚悟を決めさせた。

全身麻酔であろう骨盤の上あたりに感じた脊椎注射の激痛は、体の奥底から周囲をはばかることのない叫び声を引き出し、歯を食いしばろうとする余裕さえ与えてはくれなかった。

「あ……痛い、先生、痛い……」

「大丈夫ですよ。すぐ楽になりますよ」

何回耳にしても飽きることのない穏やかな響きは、その優しい口調とは裏腹に、皮膚を切り裂き、肉をえぐり、おびただしい血が流される、いつか銀幕に映し出された手術場面を想起させ、私の総身を小刻みに震えさせた。

一本目が打たれてすぐ、心なしか気分が和らいだ気がする。

二本目……。

蚊に刺されたような軽い痛み。

そして三本目……。

いつ打たれたのか……何も感じない。

全身を眠らせるごとく、痲酔液が動脈を駆け巡る。

自分は一体どうなっていくのだろう。指先の痺れが少しづつ薄れていき、わずかに存在を支えているうつろな意識すら、なくなっていく。

夢うつつのなか、何人もの眼差しが生まれたままの私の裸体に注がれているようだ。

自律神経がその活動をやめ、何もかもが喪失していく恐怖を感じた私は、一切を観念した。そして、死に臨む時もこういう体験なのかと、耐えがたい戦慄が、一瞬湧き起こるのを禁じ得なかった。目のあたりせずにすんだ光景。滅菌された鋭利なメスが柔らかな皮膚を裂く決定的な瞬間。私は、一つ間違えば永眠しかねない深い眠りの中へと、引きずり込まれていったのだった。

目がさめたのは確か夜の十時ごろだったろうか。

朝の九時前には家族に見送られ病室を出たはずであるから、それから何と無意識の内に一三時間も経過したことになる。

ストレッチャーに乗せられ、私は手術室から、病室(監察室)へと運び出された。かすかな振動と、ストレッチャーを支えるキャスターと、床面とが軋み合う耳障りな金属音によって、私は意識を取り戻した。すでに消灯された廊下で「非常口」の明かりのみが際立ち、その控えめながら存在感のある濃緑色の光は、私に何かを語りかけてくるようだ。

「夜の一〇時ごろか……」

と、私は直感した。そして、そう認識できる自分を確かめることによって、手術が終わり再び生きていけることを実感したのだった。

鋭い痛みが時折、稲妻のように下腹部を走る。

そっと右手で下腹部をなぞってみる。麻酔によって無感覚な指先は、何も伝えてはくれない。目を開けていることもつらくなる。眼球が乾き、瞼が重くなり、自然と瞼が閉じてくる。

目を閉じると闇が広がった。そして、その闇は想像力をいたく刺激し、脳の中にさまざまな情景を映し出した。色……チューブの中を、色が流れる。動脈？　静脈？　内臓？――あれは、いつしか学校の保健室に大きく張り出されていた人体解剖図だ……。手術室から病室へ運ばれるストレッチャーの上で、私の脳は、不快なイメージをずっと、描き続けていた。ずっと、ずっとこの不快極まる連鎖から、逃れることができなかった。

私は術後の監察室に入った。

「よく頑張りましたね。痛みはないですか。それにしても強靱な心臓の持ち主ですね。長時間、よく耐えました」

眼が明るさに馴染んでいなかったので、瞼《まぶた》を閉じたままでいた私に、いつもより張りのある声が届く。私にはそれが主治医のものであることが、すぐにわかった。

（これくらいの痛みなら先生、大丈夫です）

ところが、喉まで出かかった言葉を、声にうまく変換することができない。主治医の激励に応えて、何でもいい、何かささやこうにも、長時間の意識の空白は、声らしき声を出すことすら許してはくれなかった。閉ざされた闇のなかで、必死に言葉を探している自分が情けなかった。

それでも、鼓膜を通して、周囲にいるであろう他の患者の呻き声や、家族の慟哭《どうこく》ばかりか、私にとって身近な人間たちの息づかいまで察知することができたのだった。

どれくらいの時間が経過したのかはわからない。瞬きをくり返すごとに違和感がなくなってきた目にまず飛び込んできたのが、父であった。赤黒く日焼けした額に掘り深いシワを刻む顔。白髪が隠せなくなった頭を節くれだった左右の手で抱え込み、農民らしく罪のない目だけはしっかりと私の醜い姿をとらえている。反らせようとしない視線が恐いくらいだ。

その横で涙をたたえる瞳を拭うことさえ忘れた妻の表情は、家族としての感情を呼びさましてくれた。

（もっと親孝行しておけばよかった）

（家内にも優しくしておけばよかった）

（これくらいの手術なんか大丈夫、皆心配するな）

人として、ごく自然な感情が、自らの沈んだ気持ちを奮い立たせるかのように湧き上がってくる。

だが、不幸にも、やっと発することができた言葉は、そうした気持ちにわざと逆うかのような、自分でも信じられないほどの罵詈《ばり》雑言《ぞうごん》であった。

「何してんのや。見せ物違うんや、あっち行け阿呆んだら。体が痛いちゅうの、わからんか」

妻が嗚咽《おえつ》する。だが、どうしてだか、さらに容赦のない言葉が、私の喉からついて出る。

「お前ら、俺がどんなに苦しいのか、わかってんのか。この病院は何をしてんのや。早う楽にせえ、おんぼろ病院」

嗚呼《ああ》、初めに言葉ありき。

私という人物を多少なりとも知る人が聞けば、長時間におよぶ手術を受けた身であることを十分考慮したとしても、あまりに様変わりした私の様子に驚き、軽蔑したであろう。内心では(しまった)(なぜ、こんなことをいうのか)と思っていた。

下腹部の痛み、満身の疲れ、そしてこの世で一人だけが惨めな状態にあるという、自分にしか通用しないやや傲慢な感情。この三つが、この希望なき状態が、私の身を案じてくれる父や妻に対して、感謝や労《ねぎら》いの言葉と態度を忘れさせ、人間としての節度まで奪ってしまったのである。

職業的な訓練をへて何度もこういう場数を踏んできた医師や看護婦を除き、時にはいたわり、時には励まし、時にはののしり合った過去を背負うならなおさら、家族として自然に振る舞うことの難しさを私は知った。青ざめた表情に赤い瞼を際だたせ、呆然と立ちつくした妻の姿がすべてを物語っていた。

様子をうかがっていた主治医は、担当に命じ、私の承諾を得ることなく痲酔液を体内に注入する速度を早めた。間もなく気分が一新する。痛みという痛みが消え失せ、爽やかな涼風が火照る体をさっと駆け抜けたようだ。

だが、この一瞬の爽快さも、長時間の手術からくる肉体の困憊《こんぱい》から、そう長くは続かなかった。眼を開けていることにさえ気怠《けだる》さを感じ始めていた私は、うつろに眼を閉じた。そして、家族らしい会話を交わせなかった悔恨を抱きかかえたまま、再び暗い闇の中をさまようことになったのだった。

様々な思いが心の中をよぎった。

真っ先に浮かんできたことは、これだけの長時間の手術は一体何を意味しているのか、ということだった。意識を取り戻したすぐには、とにかく手術に耐えられたという気持ちで胸が一杯、気になっていたはずの手術の結果まで冷静に振り返ることができなかった。

正常な自意識と末梢神経を回復していくにつれて、私はある肉体的なハンディを背負ってしまったことに気付き始め、お腹をさする手触りによって、それが偽りでないばかりか、最も恐れていた事態が現実になってしまったことを確信する。長時間の手術になれば、そうならざるを得ないことを、内臓の一筋の紋様さえ撮し洩らさぬくらい精巧なＭＲ画像を前に、あらかじめ主治医から何度も、何度も聞かされていた。

フリーハンドで白紙に書き下ろされる手術の内容。何時間説明を受けようと、体のどこをどうされるのか、結局はわからないという極限的な不安感と、何万分の一の可能性に対する祈りを相半ばに抱きつつ、すがる思いで私は懇願していた。

「社会復帰できるように、生き長らえるようにお願いします」

「先生にすべてをお委せします」

手術に対して心の片隅で祈っていた奇跡への願いも虚しく、私は膀胱のすべてを、そして、左座骨から左恥骨にかけての一部、前立腺そのほか付随した諸々の肉、血管、軟骨を共に摘出しなければならなかったのである。

飲食物を自然に排泄するという、健康な人間にとっては当たり前であるはずの機能を、私は、悪性腫瘍という得体のしれない病魔に奪われてしまった。肉体的なたくましさは、これこそ私の存在を存在たらしめた、たった一つの誇りであったが、それさえ失い、いい換えれば、生きる張り合いと依《よ》るべき根拠を根こそぎ奪われたような、味気ない挫折感がしばらく私を翻弄《ほんろう》していた。そう長く生きられないのでは、と真剣に思った。

小腸の一部を切り取って右脇腹に設営されたストーマ（ギリシャ語で口――人工膀胱、人工肛門のこと）。裸にでもならない限り外見的には決して他人からわかることはない。そういう意味では、最後のところで人間としての尊厳を辛うじて保つことができ、実際今も私の体をおおう、このシワだらけの薄い布団こそが唯一の命綱のようだ。

（元のように生活できるのだろうか）

（まずもってこの事態に私の神経が耐えられるだろうか）

体の奥深くに重い障害を背負ってしまった――脳味噌をピンセットで摘まれたような欠落感。四六時中小さな袋を肌に密着させねばならない――一体、体のどこで感じるのか、この説明し難い羞恥心。格別意識することさえなかった排泄行為を、日々管理していかねばならない――気の遠くなるような努力への失望感。すべてが杞憂《きゆう》だ、という一縷《いちる》の望みまでうち消され、絶望感が全身をおおう。この障害と同居し本当に生きていけるのだろうか……。将来への強い不安がなかなか神経を休ませてはくれなかった。

これまで積み重ねた経験からすれば、病はそれがどんな形態であれ、「社会的な脱落」を象徴する出来事であり、理性では計りがたい脅迫めいた観念が粘着し、そう簡単に払拭《ふっしょく》することができなかった。

若くして糖尿病を患い、未だ薬を飲みながら涙ぐましいばかりの食事療法をしながら生きている者――役所の中でも比較的閑職とされる調査部に配転されている。

忘年会で公的組織の将来について議論を戦わせたばかりなのに、帰宅途中突然の脳溢血でこの世を去った者――遺《のこ》された妻子は郷里に帰ったという。

同じように悪性の腫瘍に体を冒され、今もなお闘病生活のために休職を余儀なくされている者――気が小さかった彼は、痩せ細った体で仕事や家族の心配ばかりして生きている。

何千人という大きな組織の中で予期せぬ病気や死のために、己の志《こころざし》をまっとうできず挫折していった数多くの人間を私は知っている。彼らと同じように、組織ばかりか、家庭の中ですら存在意義の乏しい人生を送らねばならないのだろうか……。将来に対する不安と焦りが、現実となった障害に追い打ちをかける。逃げ場のない心を、さらに苦しめ、行き先をなかなか見定めることができなかった。

将来を見通したいと願えば願うほど私の疲れ切った神経は、これに逆行するかのように、はるかかなたにすぎ去ってしまったはずの、少年時代の日々を思い起こしていた。純真無垢であった少年時代の原風景が、透きとおるような輝きを放つ宝石のように、よみがえってきたのである。あのころに戻れ、あの時に帰れ、と私を誘うように……。神秘的な脳の働き……。

満開になった桜の花。

円を描き、土を盛り上げ土俵に見立てたその中で、相撲を取っている。若い引き締まった筋肉が乾いた砂埃《すなぼこり》の中で弾ける。

暑い太陽。

友が小川のせせらぎで喉の乾きをいやしている。

一点の雲もない空を見上げる。

汗で黄色ばんだシャツから、日焼けした小さな胸がのぞく。

並びよくおさまった白い歯。

赤く染まった山肌の麓。

口を開けた通草《アケビ》の実をほうばる景色。

冬……。

吐く息白く、雪の玉を動かなくなるまで転がしている集団がある。

自分がいる。

起伏に富んだ野山をものともせず、ある時は無邪気に犬猫を追い回し、またある時は、ふと立ちどまった野辺に咲く蒲公英《タンポポ》やら向日葵《ヒマワリ》やら鬼百合やら、織り重なる季節が混然となった風景。花弁を一葉一葉ていねいにはがしては息を弾ませ、赤みを帯びた手の平で、形容し難い複雑な紋様に、不思議な感動を覚えた日々。牛歩のように、ゆっくりと流れる時間の中に沈んでいた、無数の記憶の断片。

気ままなほど不規則に、瞼に浮かんでは消え、消えては浮かぶ。思えばあのころは、走っても走っても疲れることがなかった。手に触れるもの、体で感じるもののすべてに疑いを抱くことがなかった。

体のことは忘れ、精神安定剤のようなこの爽やかな過去の余韻に長く浸っていたかった。が、恐る恐るなぞる指先に、ストーマを保護する温もりもない、なめらかなビニールの手触りを感じるたびに、この思い出は途切れた。現実が、指先から伝わってくる。私の頭のなかで〈疑問〉が生じる。

（今まで何のために生きてきたのだろう）

（役所での仕事とそれを通じた自己実現のために？）

（家族とその将来のために？）

（性的快楽のために？）

答えを見い出せない私の貧弱な思考力に終止符を打たんと、〈もう一人の自分〉が告げる。

（完全無欠な人生の目的をかかげ、実行している人間なんて世に存在するわけがない。そんな目的なんて、そもそも存在しないんだ。会社で出世するのもよし、家族のために身を粉にするのも結構、食べたい時に食べ、寝たい時に寝、セックスしたい時にする、野生動物か、野蛮人のような生活も捨て難い。それでお前は何が不満なんだ。考えることほど人間にとって有害なものはない）

その声に、私は心の中で応えた。

（そのとおりだ。大学を出て、安定した組織に就職し忠実に働き、その結果貧しい生活から抜け出て豊かになった。世間的なものわかりのよさでいることに幸せを感じ、頑張ってきたではないか。「仕事のできる奴」という風評を軽く受け流しながら、心の中では快哉《かっさい》を叫び、慌ただしい朝の出勤時に

「できた御主人持って奥さん幸せですね」と思いがけず耳にする社交辞令で一日のやる気を起こさせる。能力の限界にとどまらず、生きられる時間の限界という決定的な制約を背負う人間が文字どおり有限である以上、人並みな幸せに身を置く生き方がなにゆえに非難されよう。無理して難しく考えるほどのこともあるまい。時々横を気にしながら、みんなと同じように生きていけばいいんだ）

ところが、そういった気持ちをすんなり受け入れさせてくれなかったのが、いつ再発するやもしれぬ病魔と同居しながら、変化のない決められた道を歩むことへの、理屈ではない、生理的な拒絶感であった。一所懸命勉強して、いい高校、いい大学を出て堅い職を持つ。結婚し、子どもを産み育て、定年まで大過《たいか》なく勤める。

……そして、老後の安定した生活……。

しかし手術によって設営されたこの梅干しのようなストーマが、体の異変が、かつてない絶望感が、三七年間何一つ疑わず踏み固めて来たはずの常識をいとも簡単にくつがえした。

私は生まれ変われる可能性を信じた。そして、今生まれ変わったように思った。平均的な人種であった私に危険な思想が芽生え、「自分にしかできないこと」を誰かがわざわざ遺してくれている気さえしたのだった。

私は家族一人一人の顔を思い浮かべていた。

理不尽なものは、今突然襲いかかった病気だけではなかった。三人兄弟の長男として生まれた私以外、二人の弟たちは進行性筋ジストロフィーという、世にも不思議な病を持って生まれてきている。この病気は長子に出るのが多いといわれる――私と弟が入れ替わっていてもおかしくなかったのだ。

そのことを一度でも考えたことがあったか？

きらめく過去への追憶の合間、時折顔をのぞかせた彼らとの思い出は、父と母とのいさかいの原因であったり、世間が私の家を評する時の材料になったりと、決して歓迎されない家庭的な特殊事情だった。それだけに、映画の一シーンのごとく、あたかも堤防を決壊したその勢いで、森林や田畑をのみ込み背後から追りくる濁流を振り返り、振り返り気にするように、病院とは無縁に生きてきた私を、かたくななまでにこだわらせたのであった。

小学校の運動会で、一人最後尾をぎこちなく走る弟を、家族でありながら嘲笑した私。遠足で急な坂道にさしかかった時、ついてこれなくなった弟に思わず「のろま」と罵声を浴びせてしまった私。世話がかかるというので、私の結婚式にまで参加させなかったではないか。

弟たちとは生まれが違うんだ、俺は俺の人生があると思っていた私。

挙げればきりがない。

彼らは当然家族の一員であるにもかかわらず、何不自由ない健康な体に生まれた私の生き方は、彼らの境遇を理解しようという努力はおろか、その人格さえ否定してきたように思えてならなかった。家族でさえ理解し合うことの難しさ。同じ兄弟じゃないか……。

「自分にしかできないこと……血肉分けた三人兄弟、否、三人の障害者として運命を共有した生き方こそ私の進むべき道ではないか」

そう思った瞬間、組織のルールと世間の常識を踏み外すことのなかった昨日までの人生観を否定せねばならないのではないかと、一瞬全身から血の気が失せるものを感じた。自分がいなくなったところで世間や組織は揺るがぬ。いや、組織なんてどうでもよい。お世話になった多くの人と別れ、家族ぐるみでのささやかな付き合いさえも失ってしまう――そんな孤立感に耐えられるほど、自分はエライのか。思い上がりもいい加減にしろ。

人間関係の断絶ばかりではない。経済的な厳しい生活が待っている。家族が何というか。

（老後はどうする。国民年金や社会保険、介護保険は一体どうするんだ。これからどうやって食べていくんだ）

（田舎の長男なら長男なりの生き方があるじゃないか）

（勤め上げてこその人生じゃないか）

――本当にそうか。

手術した直後の、自らの精神状態に疑いを向けた私は、何度も自分に「気は確かか」と問うてみるのであるが、問うた自分そのものが、実はよくわからなかった。早く休みたい、早く楽になりたいと、先を急ぐ自分を見い出すことができただけである。

新たな可能性を求めたい。そのためにはすべてを失う必要がある。五感を停止させたいほどの精神的いら立ちを感じ始めていた私にとって、単純で乱暴な理屈ほど説得力あるものはなかった。大学卒という学歴、毎月の安定した給料、病気したからとはいえ努力次第では保障されるであろう将来のささやかな名誉も担保も、ストーマを保有しながら生きていかねばならない現実と、そして、弟たちの病を前にしては一つ一つが色あせ、この瞬間、私は一五年勤めた公務員を退職する決意をしたのだった。

私はこの時、将来を描けないまま過去だけの否定という中途半端な終末を後悔するどころか、自分が完全に失われることに対してのさめた幸福感さえ感じていたのである。父や母、妻にさえ相談することのない、半ば自分にいい聞かせたような、見方によってはやや常軌を逸した思いは、それでも心深々と沈殿していった。

私自身の自立の決心

ようやく終着駅にたどり着いた気がした私は、家族に見守られるなか、手術によって疲れ果てた体を、やっと貪欲な眠りの中に休めることができたのである。

術後の監察室。

時折、下腹部に痛みが走り、ナースコールする以外、私はただひたすら眠り続けた。浅い眠りの中で、日が変わるごと、入れ替わり立ち替わり演じられる呻き声やすすり泣く声は、どこか異次元の世界に裸で投げ出された錯覚を抱かせた。特に、消灯時間がすぎてからは、自分が寝ているのか、そうでないのか、そういった声が交錯し、突如として瞼に意外な情景が浮かぶことがあった。

体中に深い傷を負い、したたる赤い血。もっと自分を傷つけたいという衝動。

深く湿った土の中で身動きしようと、もがけばもがくほど窒息しそうになり、体を締め付けられていく。声にならない絶叫。

暗い天井にわずかにのぞく青い空。ゆるやかなカーブを描いた蜘蛛の糸を必死に昇っていく。あとにも先にも人は数珠つなぎだ。奈落《ならく》へ身を投げ出したい誘惑。

そうかと思えば、白馬にまたがり手に大身の槍を頭上高く掲げ、単身敵陣深く切り込んでいくもの。自分一人だけが、犠牲になるという自己陶酔の極地。

体からにじみ出る汗と、高熱と、鈍い痛みがなかったのなら、給食を食べ終えてすぐに図書室でカラフルな劇画に見入る児童の心理と何一つ変わらなかっただろう。手術してから二、三日私は本当に死んだほうがましだと思った。

点滴だけの生活が二週間続き、そのあと重湯《おもゆ》になった。手術直後から続いていた高熱が下がり、気分が楽になったところでお粥になった。口から喉、食道を通過して胃袋へ……たったそれだけのことに満身が酔いしれる。

微熱が下がると同時に点滴が外され、三週間で私は自由になれた。点滴を外した看護婦が病室を出たのを確かめ、私はすぐさまベッドから起きようと試みた。起きて、歩いて、走ってみたかった。だが何度くり返しても平衡感覚がおかしい。頭がフラつき、そのうち疲れ、諦め、寝てしまう。一日たっても二日たっても事情は変わらなかった。

「自分の足で歩くこと、普通ではなかったんだ！」

「患者のことを英語でペイシャント、すなわち、耐えることですよ」と教えてくれた看護婦さんの言葉がいまさらのように思い出される。今日という今日まで、私はそんなことすら気付いていなかったのだ。

ため息をついた私は、髭を剃り、普段あまり気にとめなかった自らの顔を手鏡に写し、じっと見つめた。額のやや深くなったシワと艶のない肌、削り落とされたような頬骨。前歯は笑いを気にせねばならぬほど黄色ばみ、窪んだ眼の勢いも心なしか失われ、輝きはない。少年だったころには考えられない自画像だ。

「歩くという意味さえ理解できずに、俺は老いていくのか」

私は底なしの自己嫌悪に陥っていた。否定しようのない老化現象に、私は時間というものを強烈に意識するようになった。

自由になり一週間たって、やっと歩行器を使い歩くことができるようになった。だが二本の足で歩けても、膝の震えをとめることができない。歩くこと、やはりただごとではなかったのだ。

廊下ですれ違いざまに振り返ってくれた看護婦さんのえくぼに、無言の励ましを全身に感じる。

「ガラガラッ」と、自動販売機から音をたて出てくる冷たい牛乳を口にすれば、照りつける太陽を背に山の岩清水を飲むような爽やかさだ。

「生きている」

たった五文字の、このなかに、生まれて初めて大きな意義を見い出せた気がする。

歩行器をはずして自力で歩けるようになった時、うれしさのあまり、私は最上階まで階段を上った。

屋上に出る。

ただ歩きたかった。

屋上の防水用のモルタルのすき間にこびりついた砂埃を見ながら、ひたすら歩いた。涙が零《こぼ》れる。

屋上の手摺りにつかまり、天をあおぐ。

正月の空。

蒼《あお》く広大だ。

雪景色の山々が果てしない。

今までその存在すら気にとめなかった大自然。

病院の屋上から見下ろすビルや路地、道行く人の何と小さいことか。この力強さを前にしては、自分の心まで貧しく感じられる。

ありがたいことに、術後の体は正常に働いてくれているようだ。

(体の細かい血管や無数の管の働きは、この存在をまだまだ生かそうと頑張ってくれているではないか)

天から授かった体、限りあるこの命を私は決して無駄にしてはならないと思うようになった。同時に、これからの人生、私の存在を存在として支えるものは、金や名誉でなく、このストーマなんだと思えるようになった。そう思った時、このストーマこそ失った肉体を精神的に支えてくれるばかりか、私を私として復活させてくれる唯一のものだと理解できるようになった。そして、手術してから退院するまでのあいだ、私はずっと「自分にしかできないこと」を探し求めたのだった。

自分を取り戻した時には、暦もすでに二月の下旬、入院してからちょうど百日目を数えようとしていた。三七歳の春だった。

僕の前に道はあるのだろうか　暗く長いトンネル
出られないかもしれない
輝く汗　白い砂埃　引き締まる筋肉　透明な水飛沫《みずしぶき》
数々の思い出が蘇る
僕の前に道はあるのだろうか　日の当たらない泥濘《ぬかるみ》
歩けないかもしれない

混沌とした暗闇　寂しい洞窟
歩いても歩いても　光が見えてこない
挫折と絶望　非望と挫折　くり返しくり返し
でも僕は自分を信じて　この障害を歩いて行きたい

＊　＊

——弟たちに対する過去への負い目なのでしょうか、それとも三人兄弟同じ道を歩む、などと長兄らしく「理念」にのぼせたものでしょうか、いずれにせよ、以上が役所を辞める経緯だそうです。大変な体験があったことは認めますが、これを聞いた時、即座に「もったいない」、「やっていけるのだろうか」と、そう思いました——（俊二）

4章　一歩前へ

◎——やや感傷的ながら、一章から三章まで、それぞれの思いを直に述べてもらいました。父や母の気持ちは察するにあまりありますが、肉体的な障害はさておき、改めて「私＝弘一」から冷静に見ますと、三人とも何かを予感させる、新たな一歩を踏み出した気がしないでもありません。これからは、この三兄弟の生きていく姿を「私」の目を通して、できるだけ主観を排して述べていきたいと思います。

長い命より、生きたという証がほしい

この正月は、長兄の弘一が手術したため家族そろってすごせませんでした。そんなことから、めいめい内に秘めた思いを胸に、春に三人で集まろうということになりました。

昨年の秋ごろから末期症状が出始めた末弟の利三には人工呼吸器と鼻マスクが導入されていました。

「末期症状」とは、健康体にいきなり癌宣告されたような衝撃があるものでなく、緩やかに病気が進行してきた結果として、呼吸筋が衰え呼吸困難など重篤な症状が出始めることを指します。

この時期になると、慢性的に進行する呼吸不全のほかに、誤嚥、呼吸器感染症といった急性の呼吸不全が合併しやすくなっていて、特に夜間、一人にしておく時間を極力少なくするよう十分な用心が必要でした。南に面した、昔三人が机並べた勉強部屋にはベッドが置かれ、利三の病室として改造

されていました。早くも白髪が混じり、とがった喉仏が前後に運動する利三の鼻マスク姿に、病院から帰省した次兄の俊二は思わず目を伏せてしまいました。退院したばかりの弘一にしても、しばらく会わないうちに、すっかり様変わりした利三の姿に我が目を疑ったくらいです。

それでも、家族がそろったことを喜ぶ利三は、無理を承知の上でなぜか小学校に行きたいといい出しました。桜の匂いが一面に漂う風のない日でしたので、少し風邪気味だった俊二もこの申し出を快諾しました。人工呼吸器をとめ、鼻マスクを外し、弘一が俊二の車椅子を押し、父が利三の電動車椅子のあとに従い、歩いてかよえたあのころを思い出しながら四人は校庭へと向かったのです。

校庭の様子はすっかり変わっておりました。

木造の校舎は鉄筋コンクリートとなり、立派な体育倉庫が設けられたグランドにはジャングルジムやアスレチックが整備され、正門の石段は昔のままですが、舗装されたスロープが山手のほうから大きく迂回して校庭へ入れるよう新しく設けられたのが何ともうらやましい限りです。

校庭の真東の角には一本の山桜がありました。樹肌は月面さながらにゴツゴツしていましたが、小枝を四方に拡げ、花の美しさを天下に誇示する、その気力は昔のままです。思い出したように静々と舞い落ちる花弁が、動きのない風景に色どりを添えています。以前と変わりないのは、この桜の木と、見上げるくらい立派な銀杏の木、それに、その横でいじけたように背丈ほどで成長がとまった紅葉の木くらいでした。梅と薔薇は、あとから植裁されたものでしょう。

この校庭は物心ついてから三兄弟に共通した、たった一つの原点でした。ここで、三人がそれぞれ語り合った時間は、三人の思いを一つにしてくれるものでした――。

＊　＊

弘一が大きな手術したことを聞かされていた俊二と利三は、手術の生々しい記憶を遠ざけようと、申し合わせたように今は昔、弘一が小学校五年生の夏、ある防火用の水槽で溺れたことを切り出しました。死の淵から復活できた話題は、自信を喪失しつつあった弘一を勇気づける格好の材料だと二人は考えていたからです。

長男の一大事とあらば、長子を重んじる昔の家にはそれこそ大事件でした。その日弘一は、村のはずれにある防火用水槽前の路上で、友だちとキャッチボールをしてたわむれていました。弘一が思い切り投げたボールを友だちが受けそこない、路面で一度バウンドしたあと大きく弾んだかと思うと、池の中央に落下、そのまま留まってしまったのです。水槽は、見た目横三メートル、縦五メートルと、そう大きくない割には、水深が子どもの倍はありました。危険防止のため、二メートルは超える金網のフェンスで四方を厳重に囲われていました。運命の悪戯とでも申しましょうか、足達者であった弘一は、ここぞとばかり得意げにフェンスをよじ登りました。そして、フェンスの内側から網に指を絡ませ、足を踏ん張り、今にも水面に触れそうなくらい体を水平に伸ばしたかと思うと、もう一方の手でボールを取ろうとしました。その瞬間でした。網に絡ませた指が離れるのと、弘一の体が水槽に落ちるのがほぼ同時でした。大仰な水飛沫と共に、弘一は水中深く沈んだのです。

「俺は小学校二年生で、キャッチボールを横で見てたから、よう覚えてる。友だちと二人で大声出して助けを求めたけど、あんな人家の少ない場所やから、もうダメかなと思った」

「僕は家で遊んでたから、記憶ないけど」

偶然にもその時刻に、しかも水泳のうまい消防団長が水槽の点検に来なかったら、弘一は今ごろ生きてはいませんでした。海で生計を立てる人ならともかく、水中深くから水面を見上げた経験などそうはないでしょう。

水面には、やや黒ずんだ藻がだらしなく浮かんでおりました。泥がわずかに混じった水を二、三回飲み込むや、水面の裏側に石の墓標がこつ然と浮かび、子どもながら『人生、短かかったな』と、危うく溺死してしまう一瞬を弘一はありありと覚えておりました。

あの体験はちょうど、このあいだステンレスの手術台で味わった感情によく似ていて、たった二回だけなのですが、弘一にすれば、こうした体験を生まれてから何度もくり返しているかのように思ったそうです。

俊二が真顔になって、

「あの一瞬、俺は兄貴がホンマに死んだと思った。助けようにも足動かへんし、元々動かへんけど、友だちなんか口から泡ふいとった。ところが、兄貴は強運の持ち主や、俺たちとはやっぱり違うとわかったのは、それからすぐやった。

水泳が村一番の消防団長が、しかもその時刻に来るなんて、そうはないと思う。ほんまに俺は、その時から『奇跡』いう言葉信じるようになった。『溺れる者は藁をもつかむ』というけど、兄貴がつかんだのは藁じゃなく人間やった。団長の行動といったら、今思い出しても俊敏《しゅんびん》というか、神業《かみわざ》に近かった。兄貴を水中から救い上げたと思ったら、地面に寝かし、脳天を低くして顎を上げ、男同士でキスした。今思ったら人工呼吸したんやな。しばらくして兄貴を立たせたけど、気絶したまま兄貴は何と、両足で立っとるやないか。その時になって始めて兄貴が助かったと思った。昔は子どもが水遊びしてよく溺れたから、助ける方法もみんなよう勉強しとったんかな。

俺と友だちと団長と三人で担いで帰ったけど、といっても俺は兄貴の足持ってただけやけど、肝心の足はもう震えっぱなしで、ついていくだけで、もうフラフラになった」

利三が言葉を継ぎました。

「僕は弘一兄貴が家に着いたところから覚えてる。何が起こったかと玄関へ出ると、兄ちゃんが唇、紫色に腫らしてずぶぬれで立っとる。父と母は畑から帰ってないし、ばあちゃんが面倒みることになったけど、これがまた傑作やった。

兄ちゃんより、そっちのほうが記憶に残っているくらいや。

団長が玄関をまたぐなり『おばあさん、タオル』ちゅうて、兄ちゃんの濡れた体を拭こうとしてんのに、ばあちゃん何と真っ黒な雑巾持ってきた。人のいい団長もさすがに『もう少し綺麗《きれい》なの、おばあさん』といったくらいや。

布団を敷こうにも上布団と敷き布団を逆にしてしまうし。

団長が『念のため、おばあさん、医者を呼んでください』ちゅうのに、受話器を取ったもんの指がワナワナ震えてダイヤルでけへん。ダイヤルの穴に指突っ込めへんかった。代わりに団長が電話してくれたけど。

帰り際、消防団長に礼をいうのは良いけど、『お、お、お、おおきに』と何回もくり返すもんやから余計、聞き取りにくうなった。僕、お腹抱え笑ろうてしもうた……常識では『蛙の子は蛙』だけど、ひょっとしたら、僕はおばあちゃん譲りかな、碁といっしょで隔世遺伝いうやつかもしれへん。

父と母が帰ってくるなり一升瓶下げて団長にお礼に行ったけど、兄ちゃんが溺れたことより、ばあちゃんのドタバタ劇が話題を独り占めしたらしい」

話し疲れた利三が肩で大きく深呼吸したのを見て、弘一と俊二は利三の体調を大いに案じました。気持ちを和ませるように、薄紅色した一片の花弁が利三の膝にかけられた波打つ毛布の襞《ひだ》に舞い落ち、一同の視線を釘付けにしました。

弘一は老いた桜の木をしみじみと眺めました。

「あんな樹からあんな花が咲くなんて……。そうか、俺の人生は実質あの時で終わってたんか。そう思うと少し気が楽になった。まだまだやれそうだという気がしてきた」

「昔から俺は思ってた。俺たちにくらべ兄貴は不死身だと。兄貴はよう走ったもんな。いっつも運動会は、校庭の花形やったもん」

俊二は、思い出したように空を見上げ、山際鮮やかに校舎にかぶさるごとくそびえる山々を一望しました。

「でも、俺にも一番なった経験一回だけある。村井先生とかいったな、あの人、俺のためかどうか、いい案考え出してくれた」

「都会から来た若い先生は僕らの味方やった。村出身の先生のほうが頭堅いというか、理解なかった気がする。卒業式の時がそうやった」

毛布に折り重なっていく花弁を目で追いながら、利三がうなずきました。

俊二が一番になれたのは、親子障害物競走という種目でした。

スタートしてから五〇メートルは親が子どもを背負って走ります。父は走るのは得意でした。中間点のカーブに設けられた机の上に、漢字の熟語カードがトランプの神経衰弱のようにたくさん置いてあります。任意に五枚選び、漢字に平仮名を符《ふ》って始めてゴール目指して走れる、というものでした。

ルールでは、読めるまでカードをめくっていかねばなりません。自分で走るのは、残り五〇メートルだけです。日ごろの学習効果かどうか、手にした五枚をスラスラと読めた俊二は必死に鉛筆を走らせ、なかなか書けない友だちを押さえて、見事一番になれたのでした。

「あの時は、嬉しくて涙がこぼれた。半分は親の力やったけど、今度は自力で勝ち取りたいと思ってる。それは自立。問題はボランティアさん。要は俺に人を惹きつける魅力があるかどうか。これといって学歴ないし、知識も大したことない。自分の人間性に活路を見いだすことしかでけへん。同情とか、哀れみとか、そんなもんじゃなく、生きてるあいだに自分の足で歩いている、走っているという実感をもう一度かみしめたい。五月の連休には病院出たいと思ってる」

「俊二なら大丈夫。三人の中で一番社交性あるし、根性あった。何をいわれても何をされても、泣き寝入りしないのが俊二やった。俺も役所出ようかと、思ってる」

「えっ！　今何といった」

俊二の飾り気ない気持ちにつられた弘一が唐突にいい放った言葉に、今まで穏やかだった父の表情が初めて曇ったようです。三人は息をのみました。

桜の花弁が計算されたように、等間隔で舞い落ちています。

弘一は長年積重ねてきた努力や我慢を忘れたのかもしれません。下積みしてこそ花開くという貴重な教訓も、今の弘一の記憶にはありませんでした。

散って落ちていく桜を見ながら、弘一は、手術を受けた体と思いのすべてを洗いざらい告白しました。苦しい胸の内を残らず吐露する弘一に家族は、並々ならぬ決意をそこに感じ取りました。

「俺は二回死んだ。一回目が溺れた時、二回目が手術した時。せやから、残された人生、自分にしかできないことをやりたい」

寡黙《かもく》な父を代弁するかのように、利三が答えました。

「弘一兄貴、病院出るのと、役所出るのとは大違いやで。気はホンマに確かか。病院出るとか、役所出るとか、どちらにしても僕には贅沢な我がままとしか思われへん。

病院出て、やっていけるのか？　『自立』というけど、家族の負担が増えるだけと違うか？　ただでさえ厳しい時代に、役所辞めてやっていけるんか？　『自分にしかできないこと』カッコつけるのはいいけど、それで食べていけるんか？　二人とも辛抱したほうが……。そういってる僕も家を出んと仕方なくなってしもうたけど。母が倒れたし、もう迷惑かけられへん。いつかは親元離れやなあかんし」

いつもより力を込めた言葉の選びに、それが本心だと二人が気づくにはそんなに時間はかかりませんでした。利三がいいたりなさそうに咳払いを一つし、ゆっくり深呼吸するあいだ、三人は何かを期待しながらその言葉を待ちました。

「僕もこのままやと何のために生まれてきたか、わからへん。今なら医学も進歩して出生前の診断でこの病気かどうか、かなり高い確率でわかる。それだけ違う。体外受精技術が発達したお陰で、着床前診断の臨床応用が可能になる日も近いと聞いた。生命倫理の問題もあるらしいけど、仮にそうなれば、要するにこの病気がこの世からなくなる日がくるということ。せっかく誕生した命を中絶したり、胎芽はるか以前、受精卵の段階で早くも命の可能性を葬り去ることが、『今を生きる障害者への差別だ』とか、『人間存在を遺伝子に矮小化《わいしょうか》させるべきじゃない』とか、そのとおりだと思うけど、今の僕にはそんな理屈はいらない」

前にのめるようにしてバランスを崩した利三は、車椅子の座りを正して欲しいと父に頼みました。

「僕はとにかく生まれてきた。僕だけじゃない。現に多くの仲間がこの病気と闘っている。養護学校の中等部では一人の友を亡くした。高等部にいた時は何人もの友を失った。仲良くなれそうないい奴ほど先に死んでいった。何度も何度も接しているうち、友の死が自分の死と同じように思えてきた。つらくなって、家に帰りたいと思った理由の一つがそれやった。ここまで生きたら、長い命より、『生きた証』のほうが魅力ある。友もみんなそれを求めて死んでいった。実現させるまでは、友だちの分まで僕は生きたい。

さっき贅沢といったけど、そういう意味なら兄ちゃんたちの話、わかる気がする。『自立』が俊二兄貴のいうように障害者にとって生きた証になるんやったら、一週間でいい一緒に経験させてほしい。弘一兄貴の『自分にしかできないこと』、何かわからんけど参加できるならしたい。このまま病院に入るだけやったら寂しい……」

暮れゆく優しい日射しを浴びて、風のない空間を一枚また一枚と、途切れることなく校庭の乾いた砂地に、花弁が落ちていくのが気にかかります。白ら校庭に行きたいといった利三も、もはや気力の限界でした。

頻繁に肩で息する利三を見て、三人は家路を急ぎました。

三兄弟が見た夢

家に戻った弘一は、すぐ利三を病室に寝かし、マスクをつけ人工呼吸器を作動させました。何回も鼻マスクをつけたり外したりで、利三の眉間についた赤い痣《あざ》が痛々しく感じられます。利三は喋《しゃべ》ることのほかに、電動車椅子を指先で操作することと、ナースコールのボタンに触れること以外、一人ではほとんど何もできなくなっておりました。四時間ほど人工呼吸し、ほのかに頬に赤みがさした利三は、母が用意した柔らかか目のご飯と温かいスープ、冷たい玉子豆腐を食べ、すぐまた横になりました。弘一と俊二は、仏壇の前の六畳の間で枕を並べました。俊二はいつものベッドを我慢して、今日ばかりは畳の上に敷き布団を厚くして寝ることになりました。

かつて耳慣れた鶏の鳴き声も牛の声もない静かな夜でした。二羽の鶏はいつの間にかいなくなり、牛は便利な耕耘機《こううんき》に変わっておりました。たまに屋根裏の鼠が騒ぐ音を除けば、家族が同じ屋根の下で寝ているという確かな自覚のなかで、呼吸器の規則正しく作動する音が無機質な響きを奏でるだけでした。

深夜零時の寝汗と朝方五時の尿瓶《しびん》を毎日決まってコールした利三は、今日は少々疲れたのでしょうか、日が昇るまで目覚めることはありませんでした。

その晩、故郷に揃った三人は三様の夢を見ました。

弘一が見た夢……。

花束を抱えた女子職員や上司に囲まれ、挨拶するところから始まります。

「大学を出てから一五年。第二の人生を歩むことにいたしました。長いあいだ支えていただいて、本当にありがとうございました」

不思議と涙はありません。花束を胸に、玄関で見送ってくれる同僚に軽く一礼し、用意された車で妻が待つ自宅に向かいます。見守る桜の蕾は、まだ樹皮に隠れて震えているようです。

高速道路から、どんよりとした曇り空を一瞥《いちべつ》します。

閑静な住宅街で車は柔らかなブレーキ音をのこして、とまりました。

玄関をまたぐ黒光りした靴は、もうこれで役目は終えたのだと、謙虚に自己主張しているようです。

着替えはしません。居間に準備された御馳走、二人だけのささやかな退職の宴。熱燗《あつかん》を妻の酌でいただきました。

妻が不安そうに尋ねました。

「これからどうする?」

「うん、とりあえず弟たちと一緒に生きていくことにする」

――リハビリと心の準備期間をへて、この夢が現実になるためには、なお三年という歳月が必要でした――

俊二が見た夢……。

病棟の玄関で、婦長さん、主治医の先生、看護婦さん、仲間たちが見送ってくれます。「今日から自立して外で暮らすことになりました。二〇年以上お世話になり、ありがとうございました」

どこからともなく、別れを惜しむ声が聞こえます。

「俊二、しんどなったらいつでも病院へ戻ってきてええで」

車椅子ごとワゴン車に乗ります。

道いっぱいに散った花弁を踏みしめて進む車の後方には、少しずつ、少しずつ小さくなっていくたくさんの顔が見えます。家が、石垣が、桜の木が、病院玄関の景色をさえぎるまで俊二は振り返り、振り返り、目を逸らすことができませんでした。

――俊二は、この連休には地域での自立生活を実行に移すことになります――

利三が見た夢……。

「ほんとに今日でお別れやな」

母の頬を伝う涙が、家で長いあいだお世話になった数々の記憶を利三に思い出させました。いよいよ病院へと旅立つ日。母に、故郷に、もう二度と会うことはないという思いが、胸をよぎります。

「利三、今度お盆にまた迎えに行くで」

そういう言葉少ない父の瞼にも光るものがあります。両親に見送られ真っ直ぐ病院の玄関に入って行きます。玄関両脇には、若い桜の木が、まばゆいほどの花弁を満載して、出迎えてくれています。

――これからあと、本人の予感どおり、利三が再び母のもとに帰れることはありませんでした――

故郷の一つ屋根の下で見た三人の夢は正夢でした。

二日後、利三は入院の手続きを取りました。

風邪気味だったこともあり、末期にある利三には個室が与えられました。心電図がリアルタイムにナースステーションへ伝えられ、二四時間体制で監視、治療されていくことになったのです。

この病気を初め神経筋疾患では、特に末期になると、肋間筋や横隔膜など呼吸する力が極端に弱くなります。そのために、体中の酸素量が少なくなり、炭酸ガスがたまりやすくなります。特に眠っている夜間には酸素量が少なくなります。

このような呼吸器障害に対しては、従来からその治療法として、マスクを通して行なう場合と気管内チューブを用いる場合があります。マスクの場合は、鼻マスクを用いるもの、口からマウスピースで行なうものなどがあり、気管内チューブの場合もどこから入れるかによって経鼻、経口、あるいは無声と引き換えに気管切開手術をして行なう場合などがあります。それぞれに一長一短があり、何を選択するかは、十分なインフォームド・コンセントをへて、本人の自由意思に委《ゆだ》ねられます。

人によっては、人間に生まれた尊厳を最優先させ、人工呼吸器そのものを拒否、あるがままの天命に身を任せる方もおられました。

同意能力十分だった利三は、使用が比較的安全だといわれる鼻マスクによる人工呼吸器を自ら選択していたのでした。機器の操作自体はそう難しくなく、ただ、口から空気が洩れないようにと、マスクの顔面への圧迫が強すぎますと鼻根部を中心に、皮膚の発赤やビランが生じ、接触した部分が痛くて寝られなくなることがありますので、慎重を期さねばなりませんでした。

利三が人工呼吸器の鼻マスクを外すのは、食事する時間を除けば、午前中二時間程度と、午後は寝るまでの六時間ほどで、それも電車の時刻表のように規則正しいものではなく、体調に応じて装着したり、取り外したりしなければなりませんでした。

利三はこの外せる時間をとても大事にしておりました。

心肺機能が極端に低下していた利三は、その外せる時間でも、ちょうど苦しい金魚が酸素を求めるように口をパクパクさせ、舌咽呼吸(舌と上顎で空気をとらえ飲み込むように肺に空気をいれる呼吸法)をくり返していました。

呼吸器を使用していない場合でも、自分がそういう呼吸をしていることさえ無意識に利三の体は酸素を求めるようになっていたのです。万が一に備えて、夜は人工呼吸器と共に、痰を喉に詰まらせないよう痰吸引器もベッドの横に設置されました。呼吸筋が弱っていますので、痰が切れず喉に詰まらせ、亡くなっていく子どもたちが少なくなかったからです。病は「時よとまれ」さもなくば「病よとまれ」と自然の摂理に逆らうがごとき願いは当然としても、呼吸筋だけでいい、その進行がとまればそれ以上は望まないと控えめな祈りまで、嘲笑《あざわら》っているかのようです。

利三は「肢帯型」でしたので「デュシャンヌ型」に比べ、症状は二〇数年、緩やかに進行しました。望みをつなぐとすれば、病がもっとゆっくり進んでくれたらと、ただその一点でした。

六週間の養生をへて体調を回復したた母が、しばらくのあいだ利三に付き添うことになりました。病院に来てから母は、利三に代わって日記を綴っておりました。

四月一八日(土)

病院初日。少ししんどそうだ。

冬が戻ったように寒い一日だった。昨日までの暖かさはどこへいったのだろう。この分だと桜の命もそんなに長くないだろう。こんな日に入院せねばならないとは、天もこの子を見放したのかと思えてくる。部屋を掃除したり、着替えを整理したり、挨拶に回ったりで目まぐるしい一日だった。お世話になるから、看護婦さんの詰め所へ缶ジュースの詰め合わせを持っていく。

四月一九日(日)

パジャマに着替えさせてやる。太っていた時期もあったのに手や足は痩せて小枝のようだ。病院へ来たことがショックなのだろうか、ほとんど何も食べない。点滴してもらう。

四月二〇日(月)

熱があるとのことで、心配である。夜、痰を詰まらせないかどうか、五分、十分ごとに起こされる。看護婦さんも忙しそうにしている。一晩中ナースコールが絶えなかった。痰が喉に何回も詰まりそうになって、はっと自分の頬を叩く。操作は簡単だが何といっても眠い。切開手術のことが浮かぶが、抵抗がある。綺麗な肌のままいさせたい。点滴のためかどうか、おしっこがよく出る。

四月二一日(火)

三日連続して『しんどい』、『しんどい』をくり返す。そのたびに「堪忍してや」と自分の反省が次から次へと湧いてくる。赤ちゃんの時したように、体ごと抱きしめたいと思う。こんなことなら家で介護していたほうがましだった。

四月二二日(水)

今朝、やっと熱が下がる。好きな玉子豆腐買ってきて食べさせる。リンゴもする。まだまだ油断は禁物である。しばらく介護に専念しよう。俊二は自立の準備で忙しい。

四月二三日(木)

弘一がお昼持って来てくれる。勤めは辞めるとのこと。やっていけるのかな、と思う。さっそくお昼を有りがたく食べる。介護の甲斐あってか、体のだるいのも、腹が張るのも、むかつくのも、ましになる。痰も少し切れてきた。

四月二四日(金)

六泊目。こっちの胃のほうがおかしくなってきた。朝はパン、昼はおにぎりと、たまに病院近くの食堂に行くけれど、不規則な食生活にはホトホト。限界。

四月二五日(土)

だいぶ声も出てきて元気よくなってくる。苺つぶして牛乳いれて五個食べた。食事もボツボツできるようになり、『しんどい』、『しんどい』を連発することがなくなった。「頑張って」と心の中でエールを送る。春の嵐だというのに病棟の桜もなかなかしぶとい。生命力に感謝する。

四月二六日(日)

お粥三分の一食べられる。駝鳥《だちょう》のように細くなった首、とがった喉仏に思わず生唾飲む。今日でちょうど一週間、やっと光が見えた。お昼を食べたあと、散歩したいといい出した。病院に来てから初めての社会見学。利三は碁が好きだから、ホールにあるコーナーで碁を打つ仲間のところへ行ったきり、なかなか離れようとしない。輪に入って何か口を動かしている。こちらから『もう帰るで』と声かけようにも、水をさすのは少し気がとがめる。思えばこの子も、もう三〇、手の届かない遠くへ行ってしまった。さよなら、利三。

母は日記を大事にたずさえて、帰りました。

利三は一時的に元気を回復したように見えましたが、以後、周期的にこうした風邪に似た症状をくり返していくことになります。そのたびに、いちいちいわなくとも介護できる母と違い、若い看護婦さん相手に、食事から下の世話まで一つ一つ頼まねばならない利三にすれば、大きな戸惑いでした。特に、ナースコールが鳴りやまぬ夜は、自分だけ放っておかれるのではないか、このまま目を覚ませなくなるのではないかと、利三は異様な不安に何度も襲われました。碁で仲間ができたといっても、一日のほとんどをベッドですごす利三にとっては、俊二が車椅子で病室を訪れてくれる時が、たった一つの救われる時間でした。

俊二の旅立ちを間近に控えたある日、利三が一緒に病院を出たいといい出しました。長いあいだ、家族に囲まれ暮らしてきた利三にとって、兄の俊二までいなくなる病院生活は、とても考えられませんでした。

片や俊二も必死でした。

俊二の予定表には、向こう一ヶ月間のボランティアさんの名前が書き入れられており、弟が一人加わるというシナリオはありません。ところどころ空白に抜け落ちているのが多少気がかりで、利三を連れて出たいのはやまやまでしたが、二人となると、ボランティアさんが不足するのは目に見えていました。

「もっと暖かくなってからにしたら、利三。俺一人でも大変やのに。軌道にのったら必ず迎えにくるから」

「兄ちゃん、頼むで」

鼻マスク越しにやや血の気失せた利三の声が俊二の耳に届きました。頭蓋骨のアウトラインが明瞭になるほど痩せこけた顔からは、感情を読み取ることはむずかしく、深い奥行きを感じさせる眼元でしか、利三の表情をはかることができません。利三は自分の熱情が、確実に俊二の心に届くことを願うばかりです。利三は治療に専念することにしました。

俊二、ついに病院を出る

ゴールデンウィーク、ついに俊二が病院を出る日がやってきました。

朝、目覚めてから、いつもより心臓の鼓動が高く波打つのを感じます。病院のスタッフ全員に見送られ、物語の主人公になったようなはやる気持ちを抑えつつ、俊二はボランティアさんが運転するワゴン車で病院を立ちました。

張り裂けそうに活発な俊二の胸。

対照的な道ゆく人々の華やいだ表情。

無関係なそよ風に泳ぐ街路樹の梢。

俊二の車は、混雑する幹線を避け、河川に沿った車線のない道を一路団地へと向かいました。

俊二が団地に到着すると、待ちかねたように、二人の学生友だちが花束を手に、お祝いに駆けつけてくれました。この一年、自然につき合ってきた気心の知れた仲間で、一人は合唱団に参加している女子学生です。三人には、さっそく明日からのボランティアに加わってもらうことになっていました。三人は、玄関で口々に激励の言葉を贈りました。

「俊さん、やりましたね」

「これからが大変ですから、頑張ってください」

「みんなのお手本になってくださいね」

俊二は、持ちきれなくなった花束を膝に置き、徐々に気持ちがほぐれるのを感じながら、

「これが最終目的でもないし、したい仕事がたくさんあるから。皆さん、今日はどうもありがとう」

と、正直な喜びを隠せませんでした。

俊二がやりたいと思っていたのは、雄次がいっていたように、「社会」を見て「社会」に積極的に参加することでしたので、ただ病院の外へ出るだけでは意味がありません。こんな体だからこそ参加できる分野が必ずある……俊二はそう思っておりました。同じ自立している仲間との交流や「街づくり」の勉強、福祉作業所への参画、俊二にはまだまだやりたいことが山ほどありました。

それに、何といってもまだ解決されていない大きな課題が残されておりました。今週は大丈夫としても、歯が抜け落ちたような来週からの予定表を、ボランティアさんの名前で埋めていかねばならず、何とかなると思い切って「決行」したものの、目先のことさえ軌道にのっていないのが俊二の現実でした。

ドアを開けるなり、期待と不安が混じった空気が俊二を包み込みました。

未知の世界へ踏みだす緊張感。

それは、以前どこかで経験した覚えがあるのに、それが映画館だったのか、動物園だったのか、それとも遊園地であったのか、俊二はその場所を正確に思い出すことができませんでした。

ボランティアの一員に加わった弘一は、この日の予定では、夜の泊まりです。母から預かった日記を手に、この記念すべき日を書き漏らすまいと、弘一も緊張していました。暖かくなるにつれ体調を回復させた利三も人工呼吸器を備え、この日ばかりは外泊を許可してもらいました。

自立最初の夜は、三兄弟だけの晩餐《ばんさん》になりました。

といっても、弘一ができる料理といえば、カレーライスくらいしかなく、慣れない手つきで包丁を持ち、台所に立つ弘一の後ろ姿は、一見危なそうに俊二の目に映りました。右肩と左足に力が入りすぎ、重心は辛うじて保たれているようですが、どこかアンバランスです。時々、床に人参や玉葱《タマネギ》の破片がこぼれ落ちるのが気にかかりました。

（弘一兄貴を初日にしたのは間違いやった。もっと料理の上手い人をもってくればよかった）

俊二は心の中でそっと呟きました。

「兄貴、ご飯柔らかいけどジャガイモ少し硬いで」

「文句ばっかいうとったらあかん。ここは病院やないねから。家の整理もつかないうちからブツブツいってたら先がもたんぞ」

食欲が回復していた利三は黙って食べましたので弘一を安心させましたが、それも束の間どうも胃の調子がかんばしくないようです。食後の薬を飲んだあと、すぐ鼻マスクをして横になりました。

「三人だけの祝宴。利三には悪いけど、俊二、冷酒でも飲もか。今日はとにかくお祝いや。酒は大丈夫か」

「うん、少しくらいなら。性格違うし育った畑違うし、共通するのは碁だけや思うたけど、『百薬の長』いうの見逃しとったな。正月には三人そろって飲んだな、ずいぶん前の話やけど。あっ、兄貴、そこのストロー取って」

コップを口まで持っていくだけの力がない俊二は、コップにストローを差し込んで飲みます。頬を窪ませ一口飲んだあと、真っ白な蛍光灯を仰ぎながら、外に出られた歓びを素直に表現しました。

「やっと、今日から自立か。雄次、やったぞ」

利三はベッドの上で二人の会話をじっと聞いておりました。

「雄次って、誰のこと」

「病院にいた友だち。病院を出ることに情熱傾けて、頑張ったけど出られないまま亡くなった」

「病院出たい人って、そんなにいるのか」

「病院出たいと口には出さないけど、本心は、出たい人がほとんどじゃないかな。病院にいれば患者で、当然自由が制限される。出れば患者じゃない。普通の人と同じスタートラインに立てる。兄貴ならどちらを選択する？」

「三ヶ月しか入院してなかったけど、やっぱり出たかった。これが何十年となると気持ちがどうなるか想像がつかない。俊二、せっかく病院出られたんやから何か目指すものがなかったら寂しいな」

「よく聞いてくれた。本音いったら半分は、病院いうのが気にいらんかった。こっちは三〇超えてるのに若い看護婦さんから『この子』と呼ばれる。勤めたばかりで仕方ない思うけど、『この子、何いってるのかわかりません。婦長さん、助けてください』なんて、ついこのあいだも大声出しやがった。一体何勉強してきたんやろと疑ってしまった。

月一回は看護婦さんと主治医の先生を交え、介護について病棟会議いうのがあったけど、僕たちの真意がなかなか伝わらへん。僕の表現力が稚拙《ちせつ》なせいもあるけど、だいぶ前にも意見いったら、主治医の先生、『彼が今いったこと通訳すれば』なんて耳障りなことといった。外国人じゃあるまいし。対等に扱おうとしてくれた人もいたけど、何かにつけ一人前に扱ってもらえへんかった。

けど、それだけやない。

ずっと病院にいる人生に納得いかんかった。

病院にいても自分の生活、発展させせられへんと思った。病棟で一番の友だちやった大野雄次君が亡くなってから考えさせられたけど、結局障害者だけ施設に閉じこもっていてはあかんと。障害者に対する人の意識や街の環境をもっと、もっと勉強して、最終的には障害者が地域で暮らせる体制づくりを追求していこうと思った」

俊二は体が体ですので酒はそれほど進みませんでしたが、弘一は普通に飲んで食べられるまで回復しておりましたので、小さなお猪口《ちょこ》では物たりなく感じられます。ピッチが上がるに連れ饒舌《じょうぜつ》になっていきました。

「そういう意味では考えが共通するところある。細かい規則や固定観念に縛られすぎた役所のなかでは、本当に自分を生かせるのかなと、最近つくづく思う。手術したことは一つのきっかけで、自由な自分を取り戻したい気持ちのほうが強い。安定した生活とか、将来の確実な人生設計とか、失うのは大きいと思うけど、それ以上に自由を手に入れることのほうが勝ると思ってる。まだ方向しか決まってないけど、何とかなるやろう。ここにいるのもその準備運動」

「そんな強がりいって、辞めたら後悔するのと違うか？」

「俊二、俺が尊敬する人の一人に『三浦綾子』という人がいらっしゃる。もう過去の人だけど知ってるか」

「よく知らないけど」

「大正生まれの人で、戦時中、小学校の先生をしておられた。それが戦後、軍国主義の教師だったことを悔いて辞職、筋を通した気骨ある人だ。それだけじゃない。肺結核、せきつい カリエス、直腸がん、パーキンソン病と、あらゆる病を体験、それでも不屈の精神で人生を開拓した偉い人。その人がいってる……『道ありき』と。人間が歩こうとする道、道は必ずある。俊二も頑張らなあかんぞ」

「尊敬するのは勝手やけど、何も辞めんかっていいやないか。有給休暇はたっぷりあるし、老後の保障は万全、あせらんでも待ってたら給料上がる。時間たったら病気が進んで、命縮まる俺たちとは雲泥の差じゃ」

「俊二から見ればそうかも知らんけど、とにかく大過なく失敗なくと、己の保身に汲々とした組織に将来があると思うか」

「それはいいすぎやで。みんな生活かかってるんやから。でもそう思うこと自体、兄貴は組織人不適格者。はっきりいえば変わり者。公務員のボランティアさんがいってたけど、有名な『三ず主義』で生きたら結構じゃないか。……ひょっとしたら、兄貴、何とかかんとか理屈つけてるけど、俺たちのために決断するんと違うんやろな。余計なお世話や」

「自由のために決まってるやないか」

「ま、お好きなように。それにしても収入の面では確かに兄貴はしんどいな。大丈夫かなと心配が先に立つ。俺だったら、とてもそこまで踏ん切れへんと思う。もっとも、働いた経験ないから何ともいえないけど」

「今日はその話、置いとこう」

「しかし、俺たちはありがたいな。兄貴、知ってるか、俺たちがどんなに保障されているか。これから自立していくけど、俺一人のために福祉予算がどれだけ投入されているか。障害年金、生活扶助、住宅家賃補助、ボランティアさんへの交通費補助、それにヘルパーさんの派遣がある。ざっと月額に換算したら五〇万、いやそれ以上になるかも。喜んでいいのかどうか、消費税以外、俺たち納税の義務もないし、医療費タダ、年金保険料も負担する必要ない」

「えっ、病院出ても」

「『働かざる者食うべからず』というけど、俺たち、働きたくても普通の人のように働けへん。稼得能力なし。いったら無職、失礼ながら将来の兄貴と一緒。それでもそれだけ助けてもらえる。

憲法第二五条一項――。

すべて国民は、健康で文化的な最低限度の生活を営む権利を有する――。

本当にこれが障害者として当たり前の権利かどうかと、問われたら答える自信がない。権利、権利、いうのも好きじゃないけど、そういわないと生きていけないのも事実や。これがもし発展途上国やったら、本当に俺たち生きていけへん。けど俺は、俺という人間が存在するだけで八人のヘルパーさんたちの雇用の場であったり、交通機関を利用して、あるいはガソリン焚いて介助にきてくれる学生さんの学習の場であったりする。また一人の消費者として団地前の魚屋さんのお得意さんであったりと、全体としての波及効果は月五〇万円どころか、金には換算できないくらい大きい。そうでも思わなんと人生やってられへん」

「いつか、この国全体で福祉予算が土木予算を近いうちに上回る、という話、聞いたことがある。もう上回っているかもしらんけど。波及効果や出会いの場などは別として、予算の話だけに限れば、今ちょっと思ったけど、この団地は確か一二棟ある。一棟に三〇戸あるから、ちょうど三百六〇戸。一戸から一年に一回、ここにボランティアにきてもらうだけで、ざっと、俊二が補助してもらっている予算の二分の一は浮くという計算になる。全体にしたら大変な数字になる」

「昔は家族の誰かが福祉を支えてきた。はっきりいって犠牲。普通、嫁さんがなった。うちでも、利三が家で生活しとったけど、いってみれば母親が犠牲になった。もうそんな時代でも、赤字行政に頼る時代でもない。高齢者や障害者の自立を支援するために、地域の役割こそ見直すべきだと思う。消防や警察、福祉行政にすべて任すのでなく、中学、高校、家庭、企業、相互に助け合う機能を地域に立ち上げたら理想。

介護保険にしても責任世代で高齢化社会を支えようとする趣旨はわかるけど、どうも金が優先して意識が置いてきぼりになっている気がする。家族の愛情と努力だけでは支え切れなくなったから社会全体で支える。社会全体とはある意味では体のいい隠れ蓑で、実は公費で負担させようという趣旨じゃないか。金さえ払えば自分の肉親だって手を汚さずにすむ。どこかしっくりこない。そういう意味では、障害者が率先して自立を目指し、地域での多様な介護のあり方を問題提起していくべきだと思う」

「理想はわかるけど、生活感覚から、たとえばお向かいさんに『明日ボランティア頼みます』、『はいわかりました』、なんてそんな日常的な会話、ちょっと想像しにくい。仮に『年一回ボランティアしなければならない』と契約書に一行入るだけで、この団地から一人残らず逃げていきそうな気がする。中学や高校といっても、受験勉強や塾かよいでアップアップした年代に責任ある介護なんて無理。ましてや利潤追求に四苦八苦する企業なんて論外。やっぱり誰かが犠牲になるか、権利を主張して行政を動かすか、うちの家なら多分俺しかないやろな。役所辞めたら、いっそのこと俊二、俺を専属介護人にでもしてもらえないかな。あながち冗談ともいわれへん」

「発想は面白いけど時代に逆行。兄貴と常時一緒に暮らすくらいやったら自立の意味なくなるやないか。家族に頼り切りになったら亡き雄次に申し訳ない。それに、兄貴、在宅の入浴サービスは週一回しかない。手術して俺を風呂に入れられるか。今のように近くで住んでくれるだけで心強い」

「風呂は無理だけど、介護の原点はやはり家族だぞ。そうか、わかった。いずれ介護保険ですべて面倒みてもらえると期待して、俺もボランティアさんも必要なくなる日が来るという訳か」

「介護保険？　まさか。四〇歳まで生きられるかどうか、病気にご機嫌うかがいせんとわからん。それに、仮に生きられたとしても二四時間常に要介護の俺たちに、介護保険なんて焼け石に水。国が裁判所から破産宣告される覚悟でやってもらえるなら話は別だけど」

「あれもダメ、これもダメといってたら神経もたん。こんな目出度《めでた》い日は、暗い話しはやめて、夢と理想だけしゃべろう。しゃべることにお金は必要ないし。いっそ思い切って俊二、このせまい一室に『福祉総合研究所』いうでかい看板、ドーンとかかげるか」

「誰が研究する？」

「ここに優秀なスタッフ二人いるやないか」

「ム・リ。成果上がらん。看板倒れとはこのこと、地域の笑い者になるのがオチや」

足もとがやや頼りなげな弘一が、冷酒をもう一本冷蔵庫から取り出すところを上目使いに見ていた利三は、ヒヤヒヤしていました。目の縁が少々赤くなってきているようです。二口目の酒に、のってきた俊二はかまわず続けました。

「地域という言葉に関連していえば、要するに横のつながり、という意味やと思う。少子高齢化とよくいわれるけど、世代間の人口アンバランスを表現したこれ自体がタテの発想。兄貴は気付いたかどうか、俺たちの体は少子とも高齢化とも関係ない。関係ないというより、どちらにも貢献できない。アッと驚く治療薬が開発されて、長生きできる時がくるかもしらんけど、先の見えない話やし。結婚して子ども欲しいと思っても、誰がこの俺の嫁さんに来てくれる？　親、子、孫というタテの発想より、俺たちどうしても地域とか仲間とか、自然と発想がヨコになる」

「俊二、まだ諦めるのは早い。二〇世紀が物理化学の時代としたら二一世紀は生物の時代というらしいぞ。遺伝子治療がもっと進展して、ある朝突然『筋ジスの治療薬開発！』なんてビッグニュースが飛び込んでくるかもしれんし。それにどこかに俊二好みのベッ・ピン・サンいてくれるかも」

「そうかな……実は、それが本当の理想やけど」

「俊二、もし理想が現実になったら、俺も利三も見捨てて彼女と一緒に暮らすか」

「それ、難しい質問やなぁ。生きているあいだ、一度でいいからそういう体験させてほしいな」

「とはいうものの、理想というのは理想にとどまる限りで話のネタになるだけかも。しかし、この状態に変化があるとすれば三つ考えられる。一つは劇的に治療薬が開発されること。二つ目は、俊二に互いに大切にし合える嫁さんが登場すること。三つ目は、家族と地域がすなわち同義語になること。それまで三兄弟一緒に住むことにしようか」

「三つとも可能性はゼロに近い」

「でも、ゼロじゃないぞ。それまで、三世代住宅じゃなく三兄弟住宅いうの、どこかにないかな。そうか、今、三兄弟住宅は一つの民族か。目的に向かう民族の自立……外圧は強いぞ。右も左も。一致団結というとこかな」

「相変わらずやな。民族いうのはたとえ悪いで兄貴。『三兄弟』でまとまるんじゃない。生き方に共感した三人がたまたま共に生きようとしているだけのこと」

遂に民族にまで話しが飛躍してしまいました。「俺の嫁さんはどうなる」と、小声でつぶやいた利三は、話しが拡散しすぎて収拾がつかなくなると思いました。瞼が重くなったこともあり、消灯して欲しいと弘一に訴えました。弘一はまだまだ祝宴したい気分でしたが、利三の体にはかえられず、大演説会はあえなく幕を閉じることになりました。二本目の冷酒の瓶が空になることはありませんんでした。

一口にボランティアといっても、一日のうちで最も忙しいのが食事をする時と、それに何といっても起床時、就寝前になります。

就寝前は電動歯磨き、イソジンでのうがいを済ませ、入浴または乾いた熱いタオルで体を拭き、着替え、トイレ、鼻マスクの装着と、一人で二人を看るとなると、休憩どころかお茶を飲む余裕さえありません。手術した弘一は、人並み以上に踏ん張りが必要な入浴だけは勘弁してもらっていました。

「これで入浴が加われば、体がもたないかもな……」

弘一は正直そう思いました。二人を寝かせ、疲れた表情をみせる弘一に向かって申し訳なさそうに、俊二は小声で囁きました。

「兄貴、これからがもっと大変やで。利三はオシッコ近くなっているから夜中二回は起きると思う。俺は一回。あと、寝汗で気分悪くなって体拭いてもらったり、痒くなって掻いてもらったり……今日は二人分してもらうから、多分兄貴の熟睡する時間はナ、イと思う……タ、ノ、ミ、マ、ス」

「……」

生唾一つ呑み込んだ弘一は、返す言葉がありませんでした。

六畳和室の寝室から見える防犯灯の明かりが、夜が深まるにしたがってその勢いを増していきます。駐車場は白線の枠に見事納められた車が今にも動き出しそうです。

寝る前、向かいの棟から洩れていた数え切れないほどの薄明かりは、子どもの夜泣きする声や軽やかなステレオの音とともに、一つ、また一つと闇に消えていきます。家路を急ぐハイヒールの高い靴音が、戸締まりと火の元をもう一度確かめるよう催促しているようでした。昼間の喧噪《けんそう》と、夜の静けさの対比が、三人を孤独へと向かわせる以上に、大きな団地に住む生活感を強く印象づけました。

暗くなるほど三人は目が冴え、慣れない床に咳払い一つにも敏感になっていきました。唯一、活動している人工呼吸器の柔らかな金属音は、かけ時計一つないコンクリートの壁や天井に吸収されているようで、不思議と気になることはありません。心臓の鼓動が聞こえるようです。

何百もの家族が暮らす団地の片隅で、俊二の寝息に聞き耳を立てる弘一は一歩前へ出ねばと、昼間の余情を想い浮かべる俊二は一歩前へ出たと、名残つきない利三は一歩前へ出られそうだと、介護のことを別にしても、三人とも熟睡することができませんでした。

母からの手紙

翌日、母から俊二宛に手紙が届きました。封筒を開いた弘一が読み上げました。

前略

俊二、自立おめでとう。田植えの準備で忙しく、お祝いに駆けつけることができませんでした。落ち着いたら一度新居に寄せてもらいます。病院を出て何事にも挑戦していこうという気持ち、それだけで素晴らしいことだと、まずは拍手を送りたい気持ちです。現実はそう甘くないことを肝に銘じて、健康管理だけは気をつけるよう、老婆心ながら忠告しておきます。

皆の手本になろうとか、普通の人と同じように生活しようとか、気負いなく、母として
そんな期待などつゆ考えておりません。一日でも長く生きてもらうことだけが親として
の偽らざる心境です。親の気持ちとはそういうものです。生活環境が変わり慣れるまで大
変でしょうが、お体くれぐれも大切に頑張ってください。

先日、協会からの月報には、この十年間で遺伝子治療が著しく進み、この病気の原因が
解明される日もそう遠くないという特集記事がありました。記事に接した時、もう治療薬
が開発されたのではないかと、詳しく読む前から胸の震えをとめることができませんで
した。それからというもの、病因が誰にでもわかる簡潔な数式で表され、風邪薬のように
小さな薬局でも安く手に入る光景を何日も続けて夢で見たほどです。

今だからこそいえるのですが、思い起こせばこの六〇年間、実にいろんなことがありま
した。初めて大学病院を訪れこの病気だと知らされた時、近親婚でもなく、家系にそうし
た人間がいたわけでもなく、一体何が原因だったのだろう、何が悪かったのだろうと、ず
いぶん悩みました。心当たりがあったのは、ただ一つ、弘一は初めて我が家に誕生した子

どもですから何かと大事にしたのに比べ、二人の育児には手を抜くことが多かったことくらいです。「あの時の粉ミルクが……母乳を飲ませてやったほうが良かったのでは」とか、「ウンカ（稲に群がる小型の昆虫で農家にとっては害虫＝編集部註）の消毒にあの農薬を使ったのが原因だったのだろうか」とか、「下痢が続いた時、あの時早く病院へ連れて行かなかったからでは」とか、はては「お前の畑が悪かったんだ」「アンタの種が腐ってたからや」と夫婦でののしり合い、もう別れようかと思った時も何回かありました。

祖母も「私が嫁いで来てから家がおかしくなった」と口には出しませんでしたが、風邪をひき病院へ走った時など、鬼のような表情や冷たい態度から、心の中ではそう思っていたようです。

私自身、前世の因縁ではないかと、何代も前から語り継がれてきた伝説や神話にいたるまで丹念に裏付けをとろうとしたことがありました。一時は自らの青春の過ちが原因となり、病因を保有してしまったからではないかと思い詰め、二人を連れてこの家を出ようかと思ったこともありました。救いを求めて、五穀豊穣の神々に祈願し、先祖代々に、また怪しげな新興宗教にさえすがろうとした気持ち、分かっていただけるものと思います。無知というのは恐ろしいものです。

「筋細胞にジストロフィン遺伝子を導入して自家移植を目指す」

「広い感染域をもち、分裂後の細胞に対しても遺伝子導入が可能なアデノウィルスベクターを用いる」

「ジストロフィン結合蛋白の研究は、肢体型筋ジストロフィーの原因解明に大きな役割を果たし、その遺伝子が日本人の手によってクローニングされ遺伝子治療の可能性も大きく出てきました」ｅｔｃ。

新制中学しか出ていない私にとって、国語辞典を片手に遺伝子治療の最新情報を読むのは、その文脈をたどるだけでも並大抵ではありません。が、この月報のお陰で、病気の原因が人智では計りようのない遺伝子の仕業《しわざ》であることが動かぬ事実であること、また最前線の研究者の方々とそうした正しい情報を共有できるありがたさ、さらには同じ子どもを持つ親同士悩みを交換し、励まし合うことができる喜びは、何ものにも替えることができません。迷っていた日々が懐かしいくらいです。

俊二も、利三も生まれてこの方一度も「親のせいだ」とはいいませんでした。病院を訪れるたびに、多くの子どもたちがどうしてこうも素直なのだろうと、何度胸打たれたことか、頭が下がります。私たち夫婦を支えていたものは、弘一の健康だった体でも、神々の宣託でもありません。今思えば、そんな体でも学校へ行こう、生きていこうと、懸命に歩くその後ろ姿でした。

医学は過去、不治といわれた幾多の病を克服してきました。癌やこの病気だって近いうちに克服されるものと、私は固く信じています。病気の子どもたちや私たち家族に、そして社会と人類に、胸のすくような福音がもたらされるよう、私にできることは、祖母がしていたように一日も早くその日が来てほしいと、ただ祈るばかりです。今、そうしていられるのは、ボランティアの方々ばかりでなく、医学や看護、行政に携わる関係者の方、地域の皆さん、多くの方々の支えがあればこそです。それを忘れないで、希望を捨てず自分を信じて歩いていってください。

病院でいる利三には、近いうちに夜でも車を走らせ会いに行きます。利三に会う機会があれば励ましてやることをお忘れなく。

草々

利三は、この手紙を聞いたあと、母が恋しくなったのか、すぐ返事を書きたいといいました。利三がしゃべるまま弘一が代筆しました。

拝啓

父も母もお元気ですか。

今日は俊二兄貴の自立最初の日です。体の調子が良かったので、先生にお願いして一日だけ外泊を許可してもらいました。ご心配なく、元気です。難しい病気のことは忘れて、毎日を楽しく暮らすよう心がけてください。病は気から、気持ちの持ち方一つで毎日の暮らしがずいぶん変わってきます。

やはり弘一兄貴がいてくれると心強い感じがします。肉親の情というか、こうして三人ですごしていると、故郷で生活していたころの穏やかな雰囲気を久しぶりに味わうことができました。僕も早く元気になって、病院を出てここで暮らしたいと思っています。車椅子で二人生活するとなると少し狭い感じがしますが、その分心広く、精神力で頑張っていきたいと思っています。

良き治療薬が開発された夢を見られるとのこと。期待しすぎないように、まだまだ遠い先のことでしょう。僕も同じように最近よく夢を見ます。

成長期にある子どものように、体がたくましく発達していくものです。太股や脹ら脛《ふく》、胸板、体の骨格筋という骨格筋に筋肉が隆々として盛り上がり、灼熱の太陽や荊《いばら》をものともせず野を駆け、山を一気に下っている夢です。

降り積もる雪の上を滑ることなく踏みしめ、凍った霜柱を粉々に砕き、急な昇り坂を力強く駆け上がり、コンクリートの階段を足元軽やかに進む夢です。

そんな夢を見た時は必ず、寝汗をかくか、オシッコが我慢できなくなって深夜勤務の看護婦さんを困らせてしまいます。ある晩ふと、何が夢で何が現実なのか判別できない夢心地で、年甲斐もなく真新しいシーツを汚してしまったことがありました。

誤解なきよう、慣れないために戸惑うことはあっても、病院での生活を苦しいなどと思ったことは一度もありません。現実を苦しいと思うのは、現実が存在のすべてだと思い込んでいるからにすぎません。想像力をかき立て、想像力を無限に発揮させてくれる夢を与えてくれた頭脳に、僕は感謝したいくらいです。夢の中で、生きている実感を確かめ、自分の存在を創造することだってできるからです。

でも、それだけでは満足してはいけないんだと、小学校の校庭で父と兄二人に誓ったことを今再び思い出しています。

次兄は「自立」にそれを見出そうとしています。理念に偏りがちだと思っていた長兄にしても、「生涯学習」や「障害児教育」などの本を読み漁り、地道に勉強しています。何か期するところがあるようです。僕も現実から逃れたいために夢に凝っている、なんて勘ぐられないよう、現実の中にこそ、この夢にかわるものを早く発見したいと考えています。いろんな新しい生活のスタイルがあることがわかりました。そして、こんな体でも、もっと勉強しなければならないことがたくさん残されていることに気がつきました。明日からはまた病院です。早く自立生活に参加できるよう、このお盆には家に帰れるよう、当分治療に専念したいと思います。

日記、どうかお忘れなく。自分で書ける日を信じています。

敬具

＊　＊　＊

病院を出ることで俊二の目的が達成されたわけではありません。

まだまだ始まったばかりです。

ボランティアとして参加した弘一も、俊二の行動を支えながら、「自分にしかできないこと」の大枠を固めていくことになります。利三にしても、療養する病院から自分が何かに参画できる機会を、密《ひそ》かにうかがっていたのでした。

5章　煌《きら》めきの時を求めて

◎自立へ向かって出発です。不安と期待でその日を我々三兄弟は迎えました。

それは波乱の幕開けだった

俊二の自立生活がいよいよ始まりました。解放感で満たされた以上に、すべてに手探りでしたから何か忘れ物をしたのではないか、不意に何かが襲ってくるのではないかなどと余計な心配で、一、三日は一向に気持ちが落ち着いてくれませんでした。

大きな家具はあらかじめ運び込んでおきましたから、あとは身の回りの整理だけです。最初の日曜日、簡単な昼食を済ませた弘一と俊二は、思いついたように団地の挨拶に回ることにしました。大きな団地で、とても一軒一軒挨拶するというわけにはいきません。そこで、自治会長さんや民生委員さん、主に役員をされている方を中心に、同じ棟だけは残らず訪問することにしました。

一棟三〇戸、実に様々な人が住んでおりました。

応対に出てくる人はたいがい主婦で、話しの区切りに車椅子に目をやっては、「何でも相談してください」という調子のよい人、あるいは、玄関のドアを開けるなり話しを早く終わらせようと腿《もも》をゆすり始める人、焦点が定まらずそわそわして神経質そうな人など、休日の午後を潰すには退屈することはありませんでした。

たまに言葉や皮膚の色で推測できるのですが、フィリピンかベトナムか、日本の人でない方もいました。日本語が十分通じなくても、「ニューフェイス」だとか、「ムーブイン」だとか、片言の英語と手振り身振りで、意志は十分に伝えることができました。

缶ジュースやお菓子をくれる人もいました。弘一にすれば何気ない日常風景でも、俊二にすれば一つ一つが新鮮でした。

ひととおり回り終えた二人は、充実した気分でした。

晴れ渡る五月の連休。

暖かな陽気に誘われて、二人は団地の北側を流れる川へと歩みを進めました。街なかを流れている割には水量豊かな澄んだ清流は、心をなごませてくれます。親水護岸が施され、川べりには小さな公園が整備されて、遊歩道に沿って植栽された桜並木の景色は、もう絵画を見るようでした。

「こんな環境のいいところで挫折したら俊二、大野雄次君に申し訳ないぞ」

「夏には蛍の乱舞が見られるかも。利三が出てきたら喜ぶやろな。第二の故郷にしてもいい気がする」

自然な時間が流れていきます。

川べりには、どこかから、獲物を漁りにやってきた一羽のアオサギがいます。

弘一と車椅子の俊二が背の紋様を見分けられるほど近寄っても、微動だにしません。長年の生のなかで培ってきたカンなのか、二人が無害であることを、いち早く峻別したようです。川のなかの獲物だけを狙っている様子です。

アオサギは首を下げ、水中の獲物に狙いをさだめると、素早い動作でくちばしを水面に突き刺しました。小魚を捕らえたようです。目的を遂げた鳥は、空高く舞い上がったかと思うと、らせん形を描きながら、上流のほうへ飛び立っていきました。

川に沿った道路の向こう側には溜め池らしき大きな池がありました。

池の土手には、数組の親子連れがいます。池の周囲を走る一団は、おそろいのカラフルなシャツを着ています。釣り糸を垂らす人は、目深に帽子をかぶり、のんびりとタバコをくゆらせています。ウキがさざ波に、かすかに動いています。二人は、これらを気持ちよく眺めておりました。

日暮れまでは少し時間がありましたので、今晩のおかずを調達しようと、池から東へ三百メートルほどの、大型スーパーに立ち寄ることにしました。日曜日とあって、子どもをベビーカーに乗せた若い夫婦が目立ちます。野菜や乳製品を満載したショッピング・カートが行き交う、広い一階食料品売場では、俊二の車椅子もそう違和感はありませんでした。それに、誰も俊二の車椅子など気にする暇などありません。

俊二が好きな鰹のたたきも、並んでいます。

すぐ横で、腰をかがめて主婦が真剣に品定めをしています。

牛肉の特設売場では、金縁眼鏡の婦人が、肉の詰まった包装を何パックもカートに入れています。

豚肉のパックを手にしたお婆さんは、賞味期限や鮮度を確かめています。

俊二といえば、鰹のたたきに的を絞ったものの、あれこれ目移りしています。どれがいいのか、どれが安いのか、どれが新鮮か、どれがうまいのか、今夜の献立は……などと、一向に標的を定めることができませんでした。

肉、魚、野菜、大小溢れんばかりの商品の種類、価格、工夫された包装に一喜一憂しながら、俊二は社会の一員になれた気分に浸っていたのでした。

時折、足下や襟元に感じる冷気はかえって心地よいくらいです。

無駄使いしないようにと、気を引き締めたにしては財布の紐は緩く、弘一に鰹のたたきを取ってもらってからは、卵や鳥肉、野菜、牛乳など、あれもこれもと、冷蔵庫の隙間がなくなるくらい俊二は、買い物をしてしまいました。

「自分のお金で、自分で足を運び、食材を気ままに選ぶことができる」

普通なら日常的な営みなのですが、俊二にすれば一人立ちできた開放感と浮き上がるような目眩《めまい》を感じたくらいです。

帰り道、車椅子の上で鼻歌混じりに団地へと向かう俊二の後ろ姿に、弘一は新しい生活への確かな手応えを感じていました。右手に重い買い物袋を下げ、左手で舵をとりながら車椅子を押すのも苦になりません。

帰宅後、さっそくご飯を炊き、野菜を炒め、買ってきた鰹のたたきを一口大に切って、大皿に用意し終えた弘一は、夕方五時、時間どおり次ぎのボランティアさんにバトンタッチしました。

こうして、団地で迎えたおだやかな最初の日曜日は、二人の期待を裏切ることはありませんでした。しかしそれは同時に、これから始まろうとする波乱の幕開けでもあったのです。

好天が続くある週末の金曜日、弘一と俊二は、ボランティアさんを勧誘しに、最寄りの大学へと出かけることにしました。主婦、学生、企業や役所に勤める人、退職して年金生活する元気な老人、多彩なボランティアの中でも主力はやはり学生です。二人は大きな期待を胸に家を出ました。始まったばかりの自立生活、できるだけ多くのボランティアさんに接し、顔をつないでおく必要があります。多すぎることは決してありません。

最寄りといっても、団地から三キロメートルほどの道のりを歩いていかねばなりませんでした。

大学方面へのバスは団地前のバス停から何本も出てはいたのですが、車椅子が自由に乗れるほど工夫が凝らされたバスは一台もありません。五月晴れのなかを、盛りすぎた桜並木に沿ってしばらく歩いたあと、国道を横断し一戸建てが延々と続く住宅街を抜けました。そして、両側に銀杏並木が続くゆるやかな登りを上っていきました。

やっとの思いで到着し、息つく暇なく、百枚用意していた『介助者募集！　地域で自立していま す。交通費支給しますのでよろしくお願いします』と書かれたビラを配ろうとキャンパスに入った、その時でした。

黒い制服の守衛さんがスッ飛んできました。

「構内でのビラは禁止していますので控えてください。配布するなら、門の外でお願いします」

「介助者募集のビラをまくだけで、時間もそんなにかかりません。どうか入らせてください。よろしくお願いします」

「趣旨がどうあろうと、大学の管理規則で決まっていますので外へ出てください」

マニュアルどおりの強い口調に、しかたなく二人は門の前で学生さんが出てくるまで待つことにしました。二人は、三々五々門を出てくる学生さんにビラを手渡しては協力を呼びかけました。中には前を素通りする人や逃げるように避けて通った人もおりましたが、ありがたいことに、福祉を専攻する三名の学生が署名してくれ、何とか来週の予定を立てることができました。一人は俊二好みの可愛い女性で、彼女が署名しているあいだ、目を伏せた俊二の頬が赤く染まったくらいです。

「今日署名してくれたのは三人か。でも俊二、百枚ビラまいたからそのうち効果が出てくるかもしれんぞ」

弘一と俊二は、隔週一回は同じ百枚のビラを手渡すために、ここにかようことになります。

三人が五人になり七人になり、そのうち車椅子の回りに輪ができるようになって、最初はいぶかっていた守衛さんも、そのうち見て見ぬ振りをしてくれるようになり、二人は少しずつ、構内へ、構内へとビラをまく位置を前進させていくことになりました。

しばらくはボランティアの人に慣れてもらうのが大変でした。平日は朝一〇時から昼すぎ二時までヘルパーさんが来てくれ助かりましたが、それ以外の時間帯や特に休日など、起床と着替えに始まって、食事、洗濯、排泄、入浴、就寝まで、五〇キロの体重がある俊二を相手に介護するには結構な重労働になります。それに介護を初めて体験する人がほとんどで、力の入れどころがわからないため車椅子からベッドに抱き上げてもらった瞬間、腰を痛めたり、夜不安で寝られず、翌朝、頭痛や胃痛を訴える学生さんが少なくありませんでした。

次から来てもらえなくなるのではないか、自立はもうダメになるのではないかと、俊二は毎日が薄氷を踏む思いでした。

最初の一回きりで連絡不通になった女学生。

「重い」と溜息ばかりの一回生。

かと思えば、「何でも勉強させてください」と熱心な三回生。

一つ一つに丁寧すぎるほど執着してくれる主婦。

淡々と手際よく介護をこなしてくれる近くに住む社会人。

頼まれることを極度に嫌い、傲慢なほど我が家のように振る舞う人。

介護一つにこの心と個性。毎日が初めての人との出会いでした。

どんな人が来てくれるのだろうかと、そわそわして朝を迎えたものです。俊二にとって予想外にありがたかったのは、噂が噂を呼び、かなり遠方からでもすすんでボランティアを申し出てくれる人が出てきたことです。あの大震災があった地域から電車とバスを乗り継いで、何と二時間かけて足を運んでくれる学生もおりました。

面倒だったのは、ボランティアさんには前日に電話で明日大丈夫かどうか、いちいち確認を取らねばならないことでした。家には携帯用の軽い電話機を備え付けてあるのですが、重さ何グラムか、たったそれだけのものを耳元まで持っていくだけの力がない俊二には、歯がゆい思いでした。それだけならまだしも、急な用事で、あるいは行き違いから来てもらえなくなる場合がたまにあり、これがかなり俊二を悩ませました。

いつものように俊二が食事をすませ、夜九時前に女性のボランティアさんに電話した時のことです。あいにく、その時は父親が出ました。

「夜分恐れいります。岡田さんのお宅ですか」

「はい、そうですが」

「私、九条団地の小西と申します。明日の介護のことで確認したいことがあります。純子さんに代わっていただけませんか」

「純子なら今、風呂に入っている。私が代わりに聞くが、何か？」

「それなら、明日、朝一〇時に時間どおり家に来てくださるようお伝えください」

「来てください？　学生さん？」

「筋ジストロフィーという病気を持っていますが、病院を出て地域で自立しています。ボランティアさんに支えられて生活している者です」

「うちの娘がボランティアを？　確かにうちの娘は福祉専攻の三回生でこの夏、施設実習の予定をしてるけど、なぜ明日、アンタの介護せなあかんのか、ようわからん。介護いっても、体拭いたり、おシッコ取ったりするんやろ。筋ジスなんとかいうのは、一体どういう病気や？」

「二四時間介護を必要とする全身性の障害を持っています。等級でいえば一級、車椅子で生活しています」

「そんな大変な病気やったら、近くに立派な病院があるやないか」

「地域で自立しようと病院を出ました。そのために純子さんにお願いしました。先日も大学で署名してもらっています」

「署名？　何の？」

「障害者が地域で自立することの趣旨に対して、です。明日来ていただく予定になっています」

「口を開けば自立、自立と、それがそもそもどんな意義があるんや！。話せば賢そうな人やけど、俺にはさっぱりわからん」

「……。交通費も支給します」

「金は問題ない。とにかく年ごろの娘をわけの分からないところに、引っ張り回さんといてくれ」

「純子さんはもう二〇歳をすぎています。お互いが合意した上でのことです」

「合意？　結婚するわけじゃなし。誰かほかの人探せ！」

俊二が父親をねばり強く説得していこうと思った途端、電話は無情にも切れてしまいました。横で聞いていた今晩泊まりのボランティアさんが、親切にも明日の夕方までいるといってくれたことで俊二は胸をなでおろしました。

出口の見えない苦悩

余韻さめやらぬ電話に、『本当にやっていけるのだろうか』といつもの不安で、俊二は深夜まで眠れませんでした。こうして相手にしてもらえるのは、まだましなケースです。

「明日、都合、悪い」の一言で終わったこともあります。

当日、列車ダイヤの混乱や車の事故で二時間近く一人孤独に待つこともしばしばでした。電話に頼るしか方法がない俊二にとっては、契約不履行などと相手の非を責める権利もなければ、自力執行力も強制力もありません。できることは、ただお願いするより外ありませんでした。

「地域で自立する意義」、とっさにいえなかった後味の悪さに俊二は悩んでいました。

病院から出たのはいいけど、問われた時、どう理屈をつけたらよいのだろう……と、物いわぬコンクリートの壁に向かって問いかけることが、精一杯のものでした。

（障害者が次々と地域で自立することは、障害者の実態を多数に知ってもらうより多くの機会を提供するものである。地域社会に一等の障害者の視点を取り入れることは、すなわち老人や子どもの視点をカバーしうるもので、社会全体にとってもメリットがある。万人の視点に立った地域社会の創造を目指すことは、この方向により実質的な意義を持たせることになり、そのためにこそ、自立した障害者自身ができるだけ孤立を避け、連帯して社会の意思決定に積極的に参加していくことが求められているんだ。誰でもいつかは年老いて、何らかの障害を負うとするならば、高齢化社会とは、実は障害者社会の到来を意味するものである。

だとするなら、障害者と健常者、つまり障害者と大量の障害者予備軍との精神的な連帯は、この地域社会の創造にとって必要不可欠な絶対条件だ。障害者が地域で自立することが、本当にその一翼を担う場と機会を与える値打ちがあるものだろうか……）

出口が見えない。

目の前に立ちはだかる現実を前に、俊二の気は今一つ晴れませんでした。心理的な安定を得るために、もっともらしい抽象論に要領よく転嫁させる術を身につけるほど、俊二は社会的経験の蓄積がなかったのです。

それにしても、この電話以降、俊二には重すぎる『障害者が地域で自立する意義』が事あるごとに、重くのしかかってくることになりました。

梅雨が一休みし、自立も二ヶ月目を迎えようとしたころ、団地全体を揺るがす事件が起こりました。深夜に火事が発生したのです。

向かいの棟の一階に住む、少し足の不自由な人の家からでした。

あとで聞いた話によると、奥さんがゴミ箱に捨てたテンプラの残り糟《かす》が過熱して、ポリ容器とともに燃え上がり、奥さんの内職用にと、その日たまたまベランダに山積みされていたダンボールに飛び火したようです。消防車のけたたましいサイレンの響きに、俊二とボランティアの人は叩き起こされました。ライトに照らし出され、渦巻いて立ちのぼる黒煙が無気味で、一時ベランダが真っ赤になり、俊二の寝室の窓からは正面でしたので、棟全体が燃えているような大火事を思わせました。奥さんが腕に軽い火傷を負ったほかは、二人の子どもと足の不自由な人は無事だったようです。幸い、類焼は免れたものの、その関係かどうか、隣に住む人はこのあとしばらくして引っ越していきました。

いろんな噂が飛び交いました。

ベランダから火の手が上がりましたから、誰かが外から悪戯《いたずら》したのではないかとか、夫婦喧嘩の末、気が動転した旦那さんが家に放火したのではないかとか、はてはご主人が慣れない煙草を吸った不始末だとか、もうさまざまでした。

俊二は憂鬱《ゆううつ》でした。このことがあって以来、普段声をかけてくれた人まで、急によそよそしくなったように思われたからです。

このところ団地周辺では、五月の連休あたりから、深夜、暴走族の単車の音が鳴り響いたり、痴漢が出没したり、留守を狙ったコソ泥が頻発しておりました。騒々しくなった身辺に、団地の婦人部の強い要請を受けて、自治会では臨時の総集会が開催されることになりました。もちろん、俊二も「地域」を大切にしなくてはならないと、常日ごろから思っていましたので、参加しました。午後七時からの総集会には団地住民が続々と集まりました。車椅子だったのは俊二だけでした。

会場は息苦しい熱気に包まれ、圧倒された俊二は、出席したことを半ば後悔しました。俊二は、整然と並べられた椅子の列へは入れませんので、列からはみ出す格好でボランティアの人と二人、会議の成り行きを見守っておりました。日ごろのストレス解消としか思えない発言や、的を大きく外れた意見が多いなかで、主な意見は次ぎのようなものでした。

頭の毛がやや薄い勤め人風の人が立ち上がりました。マイクが回された時、車椅子が目立ったのかどうか、思いがけなく視線が合ってしまったのが俊二には少々不愉快でした。

「このあいだの火事は本当に気の毒だったのですが、私は火事があった真上に住んでおりましたので、あの時はもうびっくりしました。初期消火に問題があったのではないでしょうか。ご主人の体とは無関係だとは思いますけれど、今後の全体の問題として、たとえば各棟の自主的な判断で巡回を実施するとか、何か対策を講じねばならないのではと、提案させてもらいます」

どこかから「差別や！」という声が上がりました。

「火事と体とは、今回まったく関係ないと思います。消防署の実地調査でもそれが証明されたじゃありませんか！　要は対策というより、家族構成はどうかとか、もっとどんなことで悩んでおられるのかとか、こんな大きな団地だからこそ、プライバシーに触れない程度に情報交換する場を設けたらどうかと思います」

二つ、三つ「賛成」という声が上がるなか、三〇すぎの若い人から反対意見が出されました。

「仕事でみんな忙しいでしょうし、この集会でも身重な家内がどうしても私に出席してくれというものですから、会社を早く切り上げて来ました。年一回の自治会で十分じゃないですか。これ以上付き合ったら首が飛んでしまいますよ。それに情報交換なんていいますが、お互い詮索するようなものので納得できません」

同調した年輩の一人がこれに加勢しました。

「皆さん、ご存じのように最近、少し治安が悪くなってきていると思います。それにここは団地ですから一戸建てのようにはまいりません。各棟、命も財産もいってみれば共有しているようなものです。花火の季節を迎えることですし、団地全体のことは警察とか消防に任せて、各棟単位で巡回するなら巡回すると、自主的に対応すればよいと思います」

静かなざわめきが起こりました。

意見が出つくしたところを見計らい自治会長が、各棟自主的な判断のもと対処していくことで、挙手を求めました。圧倒的多数で可決されました。俊二が住む棟では、各部屋当番制による巡回が実施されることになりました。多数決は絶対なのだろうか、という疑問が残ったものの、俊二はこればかりは参加することは無理ですので当番は免除してもらいました。以降夏がすぎるまで、俊二のところへも必ずといってよいほど深夜「火の元大丈夫ですか」といって巡回する人が訪れました。

梅雨が明け、これから夏本番となった日、利三がそろそろ自立したいといい出しました。幼いころを思い出したのでしょうか、利三は夏になると外出したがりました。利三の話しを聞いた弘一から俊二に連絡が入り、利三の体調が良いので一緒に自立させてやってくれないか、という内容でした。これから、夏休みに入りますので、ボランティアさんには来てもらいやすい環境になります。弘一は利三を病院から出す方向で検討を始めました。

そんな折り、時節がら雷がよく鳴り出すようになっておりました。

ありえないことなのですが、電動車椅子に雷が落ちてはと、俊二はできるだけ遠出を控えておりました。その日は夕方から「ゴロゴロ」、「ゴロゴロ」と、遠くのほうから不吉な音が聞こえていましたので、食後いつもの夕涼みに近くの川べりに行くことを中止したくらいです。

夜になって、早めの夕食を終えテレビの野球中継を見ていた時でした。突然、「バリバリ」という耳をつんざく轟音《ごうおん》と共に、「パッ」と家中の電気が消え、真っ暗になったのです。窓の外を見ても明かりはどこも灯っておりません。俊二は身動きできなくなりました。このまま長時間停電が続きますと、電動車椅子のバッテリーに充電ができなくなったり、明日予定していた買い物へ行けなくなったり、生活に支障が出てきます。

今日の夕飯で残り少ない冷蔵庫がなんとも心もとなく、心配になった俊二は、すぐ兄の弘一のもとに電話しました。停電対応がなされていない電話機らしく、何回プッシュしても呼び出し音が小さく鳴るだけで通じる気配がありません。停電など、もともと想定しておりませんから、明かりを灯《とも》そうにもローソクはないし、煙草も吸いませんので百円ライターもありません。ややあって目が暗闇に馴染み、黒いスクリーンに浮かび上がったボランティアさんの顔は、まるで幽霊のようでした。声だけのやりとりが俊二には長く長く感じられました。

停電してから三〇分ほどして、懐中電灯とローソクを手に弘一がやってきました。濡れたズボンの裾に足どりも重たそうです。

「バスを待つより急ぎ足で来たほうが早いくらいやった。この辺一帯が停電したみたい。雨は小降りになったけど、ゴーストタウンのようで怖かった」

「兄貴に電話したけど通じなかった。もう、どうしようかと思った。二〇年間も病院にいたけど停電なんて一回もなかったし、便利な生活に慣れすぎて盲点やった」

「そう思って飛んで来たけど、間にあって良かった。俊二、こんな時に備えて電気製品一つ一つ点検したほうがいいな」

弘一がローソクに火を灯《とも》した瞬間、俊二はほっとしました。

ボランティアさんには、まだバスがある時刻でしたので、泊まりは弘一と交代することにして帰ってもらうことにしました。机の真ん中に置かれた一本のローソクの火をはさみ、二人は向かい合いました。

「こうしてると、山奥の家を思い出すな。台風や地震があったら、送電線が山林と接触して決まったように停電しとったもんな。電気は停電するもの、というのが常識やった」

「それにしても、電気いうのはありがたいな。つくづく思った。風呂に入る予定やったけど、そんな気分吹っ飛んでしもうた」

「それより、俊二、利三が自立したいといってるけど、人工呼吸器のバッテリーはどれくらいの時間作動する？」

「多分、二、三時間は大丈夫やと聞いたけど……」

「本当か。命にかかわる問題やから」

「病院やったら自家発電装置があるから百パーセント大丈夫やけど。明日、業者に正確に尋ねとく」

一本のローソクが消えないうち、一時間たらずで停電は解消しました。

明くる日、弘一は主治医の先生を尋ね、利三が自立に加われるかどうか相談をもちかけました。

「先生、利三は自立できるでしょうか」

「無理して外へ出る意味が私にはわからないのですが……。親と一緒に在宅というならわかる気もしますが、四肢の機能障害だけでなく、進行性の心肺機能不全をきたすこの病気に、素人のボランティアさんがどこまでケアしてくれるか、疑問だらけです」

「これは、本人の希望なんです」

「そうですね、どうしてもとおっしゃるなら。ただ病院とは環境が違いますし、察するに生活がおそらく不規則になると思われますので、そうなれば一年、今度の冬を越えられるかどうか……。そういう例は希ですし、あくまで一主治医の見解にとどめて欲しいのですが、心肺機能がかなり衰弱していますからね」

「規則正しい生活に努めても、ですか」

「容態を家族の方に詳しくお伝えしたのも、検査結果やほかの症例を十分に参考にして判定したものですので、病院の外へ出たから命が伸びることはほとんど考えられません」

弘一は、同じように俊二に伝えました。

「先生の判断が正しいとして、命を優先するか、自立を優先するかの選択になってくると思う。俊二、どちらをとる。利三は自立したがっている」

俊二は迷わず語りました。

「兄貴、よう聞いてくれ。俺たち、昔からやりたいことでけへんかった。というより、そういうふうに教育されてきた。中等部で歩いていたころ、外へ散歩しに行きたいといったら、先生が『何かあれば誰が責任取る』みたいなこといって、無言の圧力いうか、出ようにも出られへんかった。高等部の時、進路指導の先生は、大学に進みたいなら通信制のある大学、手に職を付けたいのなら七宝焼き、レタリング、ワープロ、とにかく病院のなかでできることしか勧めようとしなかった。俺たちは外へはとにかく出られないと思ってきた。雄次が亡くなってからや、自分の進路は自分で決めたいと思ったのは。兄貴、俺からもお願いする。出したってくれ。今までの延長で俺たち生きたくない。停電や地震で人工呼吸器がとまっても、命が短くなっても利三の本望やと思う。弘一兄貴、頼む」

弘一はこの時、利三の命が続く限り、ほとんど同居するような形でボランティアとして積極的にかかわることを覚悟したのでした。弘一にしても、いずれは「介護福祉」や「社会福祉」……など福祉にかかわる勉強をせねばならないと思っていたところでした。俊二の強いあと押しがあって、利三は俊二に続き病院を出ることになりました。

夏の強い陽射しがベッドで白く痩せた利三の頬を浮き彫る午後のことでした。

外へ出たという自由を得た利三は、気のせいか、日に日に顔の色艶がよくなっていくようです。ボランティアさんとの食事を通じて、また会話を通じて――特に女性ボランティアさんが来る日の朝は輝いておりました。故郷をこよなく愛した利三は、木や草花、昆虫には詳しいのですが、母以外、女性らしい女性と自由に向かい合ったことがない利三にとってはまさに天国でした。

利三が加わってから、食生活も卵を用いたおかずが自然に多くなりました。

朝は、目玉焼きか、スクランブルエッグ、昼は、卵豆腐か、オムライス、または卵とじうどん、夜は茶碗蒸か、たまに鰻巻き……カレーライスしか作れなかった弘一が卵を使う料理の勉強を始めたくらいでした。

不思議なボランティアさん

夏休みに入ると、学生さんは、帰省したりアルバイトに精を出したり、来てもらいやすくなると安易に考えていた俊二の期待は大きく外れました。しかし、とにかく来てもらわないことには、生活が成り立ちません。

その日は、誰でもよいから知り合いに都合つけてくれと、五月から特別仲良くなれた藤本君に懇願し彼の紹介で、ある病院に勤務している後藤さんという方がやってくることになりました。社会人の方なら経験豊富だろうと、書棚から「人生論」や「自立論」を探し出し、ご教授願おうと昼すぎから用意しておりました。

夕方五時、時間どおり後藤さんは訪れました。

「こんにちは。よろしくお願いします」

と、姿が見えるなり、第一印象が肝心と俊二は努めて快活《かいかつ》に挨拶しました。ところが、挨拶には上の空、玄関を入るなり、その人は室内をウロウロし始めたのです。どうも落ち着かない様子です。冷蔵庫の中をのぞいてみたり、トイレ、浴室へ入ったかと思うと、ベランダに出て煙草を一本、深呼吸しています。

俊二は、お茶を勧めたり、椅子に座り一息つくよう働きかけましたが、一向に焦点が定まる気配がありません。目は虚ろで精神的に不安定なのではと、紹介してもらったことを悔やんでもあとの祭りです。長兄に連絡を取ろうにも、後藤さんに番号をプッシュしてもらわない限りできません。腫れ物にさわるように、素性を早くつかまねばと俊二はじっと静観していました。

一番心配だったのは、やはり利三の人工呼吸器の扱いです。換気量や流速計、気圧など素人が手も足も出ない数値の設定は、あらかじめ主治医によって固定されていますから触れる必要はありません。マスクをし電源のスイッチを入れるだけの簡単な操作なのですが、その操作さえ人によっては「医療行為」に該当し、緊急の場合を除き原則として医師や看護婦、またはその指示なく操作することできないと主張する方がおられました。ただ、これを厳密に運用してしまうと、利三のように病院を出て自立する者にとっては、それこそ死活問題です。ボランティアさんには、こちらからお願いして臨機応変に対応してもらっていました。ところが、このまま後藤さんの徘徊がやまず、してもらえる能力自体ないとなると話は別で、玄関を出て大声で助けを求めるしか方法はありませんでした。

腹をくくった俊二は、ベランダと六畳の和室を往復する後藤さんに思い切って声をかけました。

「後藤さん、人工呼吸器の操作を説明しますので、こちらに来ていただけますか」

四畳半の洋室に据えられた呼吸器の前で俊二は切り出しました。

「今、呼吸器が作動しています。そこにスイッチがあってオンとオフの黄色い表示があると思います。現在はオンです。食事する前、六時半ごろ、利三を起こし鼻マスクを外して、オフにしてください。それでは後藤さん、今晩の夕食お願いします」

意味が通じたのかどうか確かめようと、俊二は後藤さんの顔を恐る恐る見上げました。

「はっ？　あっ、夕食ですか、夕食、夕食」

視線を反らせた後藤さんは、何度も「夕食」を呪文のように唱えながら、再びウロウロし始めました。裏口からベランダへ出ようとする後藤さんの背中に、すがる思いで俊二は叫びました。

「後藤さん！」

ベランダで胸ポケットから少し震える手で煙草を取り出したかと思うと、火を点じるのと揉み消すのがほぼ同時でした。驚いたように振り向くと、後藤さんは俊二の真正面に駆け寄りました。俊二は、後藤さんの目を見据えながら、ゆっくり噛んで含めるよう頼みました。

「お米は台所の下です。ご飯は軟らかめに。今日の夕飯は、秋刀魚《さんま》を焼いてポテトサラダです。ジャガイモ、人参、胡瓜は冷蔵庫の一番下の段にあります。卵を茹でて黄身をポテトにすり込んでください。白身はみじん切りにして最後にふりかけます。お願いします」

いわれたとおり台所で支度を始めてくれた姿を見て、とりあえず俊二は、ホッとしました。強く頼めば動いてくれることに気が付いた俊二は、後藤さんが台所で調理しているあいだずっと側を離れることができませんでした。秋刀魚が少々焦げた以外は無事夕食が出来上がりました。食事しているあいだ、後藤さんは人が変わったように元気を取り戻し、自分の悩みを俊二に打ち明けました。

「僕は病院の看護助手として働いていますが、周囲との人間関係を巧く保つことができません。気が弱いというか、何かをしていないと安心できないんです。そのためか、職場では自己中心的な人間だとよくいわれます。そんな体でも自立されている小西さんがうらやましくて仕方ありません」

後藤さんがいったとおり、着替えをし、呼吸器も無事作動させて二人を寝かしつけるまでのあいだ、さっきまでとは別人のように介護に集中してくれました。「本当に何もすることがないのが苦痛なのかな」と俊二が思ったくらいです。思ったとおり、介護が一段落し二人が横になったあと、それからがもう大変でした。

真夏日の寝苦しい晩でしたので、エアコンがなく窓を開け放ったのは自然として、後藤さんは、ロック音楽をガンガン鳴らしながら何と英語を勉強し始めたのです。口を動かし発せられているはずの英単語が音楽にかき消されています。

突然の大音響に両手で耳を塞げない利三にとってはもう業としかいいようがありませんでした。「ボリュームを小さくしてください」と口には出したものの、ごつごつした旋律にうち消されて、声が届きません。

本人は鑑賞しているつもりで、リズムに合わせヘッドホンを左右に揺り動かしています。二人は、嵐がとおりすぎるのをじっと待つよりほか、仕様がありませんでした。すると、音楽が鳴り出してから五分と経過しないうちに、向かいのご主人が画用紙を手にただならぬ形相でやってきました。玄関のチャイムも鳴らさず、いきなり飛び込んできたご主人は、頭上高く「静かに！」と極太マジックの走り書きを左右前後に揺らしました。ステテコ姿に意表をつかれたのか、目がテンになった後藤さんは、ようやくボリュームを小さくしました。

溜息一つ、ご主人が下がったあと、後藤さんは謝るでもなく、青ざめた顔を隠すようにして二人に背を向けていました。肩が少し震えているようでした。

英語の勉強をやめた彼は、聞き取れないくらいの軽いメロディーが流れるなかで、今度は座禅をくみ、何やら瞑想に耽《ふけ》っています。肩で大きく深呼吸したあと、唇を尖らせゆっくりと息を吐き出している様子です。「これで安眠できそうだ」と、俊二が胸をなで下ろしたのも一分ともちませんでした。突然立ち上がったかと思うと、押入の襖から天井、窓ガラスの方向へと、緩やかに弧を描き、どうやら太極拳の真似事を始めました。途中から「エイ」とか「トオ」とか、なんだかわけのわからないかけ声勇ましく、左右交互に拳で畳を軽く叩いておりました。

一晩中、彼は寝ずにこれらの動作を不規則にくり返していたように思います。（彼はいつ眠るのだろう。気は大丈夫なのだろうか）と、俊二の心配の種はつきませんでしたが、そういった精神的な訓練（俊二が思うところ）の合間には、頼まれたこと以外でも、蚊取り線香を用意したり、バッテリーの充電を怠らなかったりと、動作が少々手荒いことを除外すれば、介護に手を抜くことはほとんどありませんでした。

団体交渉

夏休みが終わり、雲の様子や朝夕のしのぎやすさに、秋の気配が感じられるようになりました。俊二はすでに自立する前から、手で車椅子をこげないようになっていました。気分を一新しようと電動車椅子に替えて、悔しい思いに変わりはなかったのですが、ボランティアさんの負担を軽減することにもなりますし、このほうがずっと楽なように思えました。何より人の手を借りず、一人でも街へと繰り出すことができたからです。

ボランティアの人に利三をまかせ、一人で公園へ行ったり、駅前のコンサートへ出かけたり、俊二の行動範囲がぐんと拡がりました。走った気分に浸ることができました。それに歩いている人を追い越すこともできます。けれど、それは同時に生活する不便さを感じるものでもありました。

何といっても行く手を阻む段差が歯がゆく、液体バッテリーを装填《そうてん》しているので、普通の車椅子に比べ何倍も重く、助けてもらおうにも数人掛かりで担いでもらわねばなりません。段差が大きくなればなるほどきつくなりますから、俊二には悩みの種でした。

段差があることに気付かず、車椅子の前輪が高いほうに乗り上げたまま座礁してしまったことがあり、その時はもう涙が出るほどでした。親切な人に助けてもらい、何とお礼をいえばいいのか、思わず言葉に詰まったくらいです。

この階段がなかったら……

ここにエレベータがあったら……

このバスに乗れたら……

あるいは階段があることを、エレベータがないことを早く知らせてくれるサインがあったら……と、俊二は街へ出るたびに思うことになります。自分がそんなふうに戸惑ってばかりいましたので、不自由な人へは自然と目が向かいました。

視覚障害の人。

補聴器をつけた人。

箱形の乳母車を杖がわりにしたおばあさん……。

兄貴のように見えないところに苦しみを持つ人。

「これが社会なんだな」

自立して数ヶ月、俊二は、悩んでいるのが自分一人ではないことを知りました。

障害者が街で暮らすにはまだまだ不十分だと気がついた俊二は、以前から聞いていた「ザ・バリアフリー」の一員に加わることにしました。この会は、行政をはじめ、市バス交通局やJR、大手私鉄など各セクションへ街づくりや交通機関に、障害者の視点を積極的に取り入れるよう、その実現を求めていこうとする任意の団体です。

行政へは新築公営団地に障害者や老人向け戸数を増やすよう要請します。市バス交通局へは市内循環バスにリフト付きバスを走らせるよう交渉します。JRや大手私鉄へは主要な駅にエレベータを設置したり、ホームと電車のあいだの落差や隙間を車椅子がスムースに通れるよう改善を求めていきます。ハード面ばかりでなく、バリアフリーの趣旨をより広くPRするために、著名な講師を招き講演会なども開催していました。

残暑厳しいある日、鉄道主要駅にエレベータの設置を求め、大手私鉄本社へ団体交渉することになりました。

俊二は今後の参考にと、利三も呼吸器を備えて、二人はリフト付きバンに乗り込み参加することにしました。見上げれば頸骨に支障をきたすくらい、威風堂々とそびえ建つ本社ビルの前に、なんと二百名以上の仲間が集結し、その数の多さと意気込みに二人は驚かされました。

定刻、ハンドマイクを手にしたリーダーが叫びました。

「多くの仲間にこうして参加してもらったことを感謝します。まだまだ私たちの要求に対し、誠意ある回答を示してもらっていません。今日こそは、積年の要求を貫徹し、実現しようではありませんか」

挨拶が終わり、選ばれた十数人の仲間がビルの敷地内に入ろうとした、ちょうどその時です。紺の背広に腕章をした屈強な十数人が横一列になって、これを阻もうとしたのです。これを目の当たりにした仲間は口々に絶叫しました。

「社長を出せ！」

「障害者を閉め出す気か！」

「誠意を示せ！」

騒然となった雰囲気に、本社ビル正面、一つしかない鉄の扉がシャットアウトされました。数えられないくらいの野次馬が団体を遠巻きに見物しています。俊二と利三は、後方から隙間をのぞくように前列の様子を眺めておりました。横一列の背広は表情一つ変えず、仲間たちを見下ろしています。俊二には、場に臨んだこの前列との距離が、見た目以上に大きく感じられました。

緊張感がピークに達したと思われた時、一人の電動車椅子の若者が、何を思ったのか、突然正面の鉄扉めがけ突進したのです。頑丈な二、三人の背広を引きずって車椅子の足を乗せる部分が正面の鉄の扉に激突しました。ドンという鈍い音がし、怪我はないかと一瞬仲間をひやりとさせましたが、扉はビクともしません。これに続けとばかり興奮した二、三人が扉めがけ体当たりを試みました。すぐに仲間たちの車椅子は、背広二人で一台づつ軽々と持ち上げられ、後退を余儀なくされました。過激な仲間たちの行動を見ていた俊二は、体の隅々から血が沸き上がるのを感じ、自分も正面に向かって突進しようかと、電動車椅子のスイッチに手をかけたくらいです。

リーダーが落ち着いた口調で指示を出しました。

「ヒューマン・チェーン！」

二百人の仲間が手をつなぎ、この壮大なビルを取り囲みました。パトカーのサイレンが鳴り響き、次第に数を増す野次馬と事の重大さに、会社側はリーダーと交渉を開始したようです。

この間、一人の車椅子の青年がトイレに行きたいと背広に訴えました。よほど我慢しかねたのか、よく見ると、額に脂汗が滲んでいます。堰を切ったように、何人もの仲間が同じようにトイレに行きたいと口々に唱えました。これに対し会社側は、敷地内へは順番に一人づつ入るようにと、しかも職員用は使ってはならないと、細かい指図をしました。辛抱しきれなくなった仲間は、一斉に中に入ろうとしましたが、またしても背広に押し戻され、忍耐が限界にきた数人は街路樹の蔭でこっそり用を足したり、ワゴン車の中に駆け込む姿も見受けられました。

毅然とした会社側の対応に、仲間の勢いが少し鈍ったようです。

やり場のない怒りは、正面で交渉するリーダーや執行部にも向けられました。

「事前に会社とのコンタクトはとったのか」

「遠くから来たのに、どうなってるんだ」

「早くしろ。要求書だけでも背広に手渡すべきだ」

やはり相手にしてもらえないのか、という諦めにも似た空気が漂い始めた時、交渉を終えたリーダーがハンドマイクを手にしました。

どうやら話がまとまったようです。

「皆さん！　これから代表三名が要望書を手渡しに中に入ります」

鉄の扉が開かれ、仲間の拍手と声援を背に受けて、三名の代表が建物の中に消えていきました。代表が中で交渉しているあいだ、外では二百人という若いエネルギーによって、要望書が何回も復唱され、その間に間に、学生運動でおなじみだった今は懐かしいシュプレヒコールがくり返されていました。

待つこと二〇分ほど、交渉を終えたリーダーが出てきました。同時に何の指図もなくヒューマン・チェーンが解かれ、再び正面に集合した仲間を前に、リーダーが総括しました。

「社長は不在でした。まだまだ会社に誠意は感じられません。しかし、我々の要求に対して、会社の責任において最大限努力する、との回答を引き出すことができました。これからが本番です。この日を忘れないで絶えず監視していこうではありませんか！」

拳高く頭上に突き出したリーダーの細い右腕に呼応し、

「我々は要求を勝ち取るぞ！」

「我々は勝利するぞ！」

と、再度シュプレヒコールが力強く合唱されました。摩天楼のような巨大ビルが心なしかぐらついたように感じたのは俊二の錯覚だったのかもしれません。

五体満足な人から見れば、たかがバリアフリー一つで何を大袈裟にと思うかもしれません。革命でも起こらない限り社会に急激な進歩を期待することが不可能である以上、参加した仲間の多くは、(こうした地道な活動こそ)理想実現に向けての第一歩と位置づけているのでした。

「長いものには巻かれろ」、「負けるが勝ち」と、日常生活の延長ではおよそ想像もつかない場面に、俊二は終始戸惑いながら、悩むより何かを始めねばならないことを、一人ではなく、仲間と共に始めねばならないことを改めて感じていたのでした。
夏場に強い利三は、家を発ってから一度も人工呼吸器を作動させることがありませんでした。バンに乗り込んだあとも血色よく、盛んに「凄かったな」と驚きの声を連発していました。それにしても、あの若者のとった象徴的な行動は、俊二と利三、二人の脳裏に焼き付き、バンが高速道路を走っているあいだ、しばらく離れることはありませんでした。

俊二は、福祉作業所へも参加することにしました。別名「アーバンライナー21」と呼ばれるこの作業所は、地域で自立を目指す人のために、家の掃除や洗濯などのホームヘルプ、買い物に行きたい人、映画に行きたいけれど一人では出かけられない人たちへのガイドヘルプ(紹介、斡旋など)を中心に活動していました。そのほかにも、クリスマス、フリートークなどのイベントを開催することによって障害者と健常者との親睦を深めたり、手作りのクッキーを販売したり、さらには障害者の立場から行政への要望を行なったりしていました。借地料や専属の職員費など、行政から補助を受けて運営されているのですが、仲間の一人一人の意識は、前向きに事業を拡大していくことによって、完全独立を目指していました。

作業所代表が俊二に尋ねました。

「小西君は、何か得意なものがありますか」

「はい、パソコンなら」

早速、俊二に与えられた仕事は会計の補佐役でした。

俊二は、文章を作成したり、計算したり、キーボードを扱う手先の作業については、まだまだ健常者に負けないと思っていました。会計さんの下書きを入力しプリントする作業で、主なものは予算書の作成や作業所のメンバーの給料計算などでした。生まれて始めて与えられた天「職」に、俊二はこみあげるものを押さえることができませんでした。作業所初日、代表からお誉めの言葉をいただいた時には、嬉しくて「これなら普通の会社でもパートで雇ってもらえるかもしれない」と、らしくない自惚《うぬぼ》れを感じたほどでした。

週に二回、一回六時間の勤めでしたので日当はささやかな額でした。それでもひと月、一日も欠かさず勤め、初めて手渡された給料袋の「重さ」に、俊二の手は少し震えました。同じ目的を持ち、力強く、明るく生きている仲間に出会えて、俊二は目標としていた大筋が少しづつ見えてきたような気がしました。火曜日と金曜日、週二回の間隔が俊二には、とても長く感じられました。利三も体調が良い日は俊二と作業所に一緒にかようことになります。

この時期、福祉作業所にとっては恒例になった本格的な予算要望の時期を迎えていました。自立している障害者の支援を主な柱の一つにしていた関係で、市全体の障害者の窓口として要望のとりまとめを行なっていました。意見を吸い上げ、調整し「要望書」として作成しなければなりません。障害者が自立しようとする場合、まだまだ行政の手を借りなければ実行できないのが実情です。

その一つに、介護人派遣事業という名目で、「介護料補助」という制度がありました。ボランティアさんに来てもらった時に、補助してもらった枠内で一定の金額を謝礼という形で支給する、というもので、支給する金額や方法は自立している障害者に任されていました。近隣の市町村ではすでに実施しているところも多く、「福祉の街」を標榜するこの街に、未だそういう制度がないのはおかしいと、作業所の仲間の一人が数年前から中心になって要望を続けてきたものでした。

もし、この介護料を補助してもらえるなら、学生ボランティア中心の俊二にすれば大助かりです。

学生の中には「ボランティア」とはあくまで無償が原則と、かたくなに自説を曲げない人もいましたが、俊二からすれば、何の報酬もないより、来てもらった感謝を形にできるほうが気分的に楽になります。第一、アルバイトを募集するような感覚で、お願いするほうもしやすくなります。もちろん、ボランティアという以上は、精神的な側面でのつながりが基本で、金銭のやりとりは補足的なものでしかありません。自立して半年、無償でボランテイアに来てくれる学生さんに、何とかして報いなければと俊二は俊二なりに心を砕いていたのでした。

今年は、この介護料補助の創設に向けて、作業所が一丸となりました。要望書の文言《もんごん》を整理するに当たり、一人一人から熱い意見が出され、焦点は、当然ながらいくら要求するかに絞られました。

「先進N市では、一人あたり月、百二〇時間分の補助があるらしい。実際出しているところがあるんだから、月百二〇時間分を要望項目としたらどうかと思います」

「行政も財政的に苦しいと聞いているから、さし当たり百時間分と、キリのよいところにしてはどうですか」

「要求はあくまで要求なので、行政のスタンスに迎合することなく、最大限要求したらどうですか。

ヘルパーさんを最大限活用して週二〇時間。それと作業所ですごす週二回一二時間は別にすれば、一週間百六八時間マイナス三二時間で……百三六時間、かけることの四週間……ちょうど五百四四時間です。五百四四時間で要望すべきです」

議論がもう一つのみこめなかった俊二は質問しました。

「私はついこのあいだ仲間に入れてもらった小西俊二と申します。一つ質問ですが、百時間とか百二〇時間とか、先ほどの五百四四時間だとか、実際の生活感覚からどういう数字になるのか教えていただきたいのですが」

作業所代表が得意顔で答えました。

「さきほども誰かがいったように、小西さんの場合、ひと月三〇日、一日二四時間、月七百二〇時間とおして誰かに介護してもらう必要があります。仮に百時間とすると、ひと月の約七分の一、つまり四日半だけ行政のほうで面倒みてもらうということです。最低賃金を参考に算定されているとのことで、具体的な金額は百時間で約一四万円くらいです。

金額だけをみれば大きいようですが、四日半分を一ヶ月におしなべると一人一人のボランティアさんに配分する額は非常に小さくなります。たとえば、夕方五時から朝一〇時までいてもらうとして一七時間、これに対して約三千円から四千円、謝礼として出せるのが上限というところです。ちなみに、親や兄弟は補助の対象とならないと聞いています」

結局、創設を目指すことを目標に、時間数については実施している近隣市町村の実施具体例を勘案し百時間で要望書を作成することになりました。要望書の作成については、ワープロが得意だった俊二に割り当てられることになりました。

市や県との交渉を積み重ねた結果、同じ障害者の仲間が一体となった要望が効を奏して、すぐこの秋から介護料補助の制度が創設されるとの連絡があった時は、作業所全体が沸き上がりました。みんなで勝ち取ったものだけに、俊二だけでなく無理な体を押して市役所に足を運んだ利三も、その一員として、みんなで行動を起こすことの大切さを感じとったようでした。

結婚する相手は？

秋たけなわの一〇月のある日、心温まるニュースが俊二と利三のもとに届きました。病院で長く療養していた仲間の一人が来春結婚するというのです。相手は病棟一美人の看護婦さんで、俊二も少なからず好意を寄せていただけに先を越されたような複雑な心境でした。

憲法第二四条一項は「婚姻は、両性の合意にのみ基づいて成立し、夫婦が同等の権利を有することを基本として、相互の協力により、維持されなければならない」と、男女の本質的な平等と、実質的な当事者主義を高らかに謳いあげています。

しかしながら、いざ結婚となると、存外この点が抜け落ちて、両家の格式や双方の学歴、収入など形式的なものに左右されがちなのはよくあるケースです。役所に届け戸籍を整えたり、式を挙げたり、旅行する際にもこの考え方が色濃く反映します。常日ごろ、「愛がある」だの「二人の意思」だのと、理想論を声高く唱える人間に限って形式に従おうとする傾向が顕著です。

この二人は、お互いの意思を尊重しすべての法律や慣習を省略、憲法の条文のみにしたがい共に暮らそうというのでした。いわゆる事実婚といってしまえばそれまでですが、病気の重さを抜きにしても、男性の住まいは病院、女性は独身用のアパート、週末だけ世間でいう夫婦関係——と聞くだけで、人は首を傾げるでしょう。病院を拠点に障害者運動を展開したいとする男性と、仕事と育児を両立させたいとする女性、両者の利害は一致しました。

筋ジスの方々は概して頭が良く、不自由な体であるがゆえに、かえって将来の生活設計に臆病になりがちです。それでも結婚に憧れる人は多く、勇気をもってハンディを乗り越え、また形式を超えて、自分たちに合ったライフスタイルを創造していこうとする人も少なくありません。なかには、時間を意識するあまり、現時点の気持ちこそ大切と、先を考えず無謀な生き方を選択する方もあるようですが、少数です。

俊二が冬場に備えて検査入院したついでに、久しぶりに古巣を訪れた際、病棟はこの話でもちきりでした。

「彼女は妊娠してるらしい。子どもの戸籍はどうするんだろう」

「あの看護婦さん、美人を鼻にかけてちょっと変わってるから。仕事続けるらしいけど、病気の旦那は病院でそのまま居るらしい」

「親の反対、押し切ったらしい。どうも式ができないようだ」

特に女性の親は猛反対をしたようです。長いあいだ、手塩に育てた娘がよりによって一等の障害者と一緒になろうというのです。どんな立派な理論や理屈も、娘の幸せを望む親にとっては、耳に虚しいのは火を見るより明らかです。毎日の生活、世間の目、生まれてくる子どもの将来……激怒する父と寝込む母を想像するのはそう難しくありません。

親の理解と協力なく結婚するというだけでも一考の余地があるのに、一方に決定的なハンディを背負う場合はなおさら、それを乗り越えられるだけのものが二人に不可欠です。一緒に住むのならなおのこと、一方的な介護と被介護の関係は、夫婦といえど支配と服従、あるいは従属、被従属の関係を意味します。精神的な自由を最大享受したいとする人間の生理的な本能がこれに堪えられるかどうか、人間存在の本質にかかわってきます。一晩や二晩共にするだけならまだしも、来る日も来る日も、その関係の中で暮らさねばならないのです。美しいものを美しいと感じる……人生において共通の目標がある……などと、とおり一遍の尋常な感覚ではやっていけません。

俊二は二〇年以上この病棟にいましたので、この手の話はよく耳にしました。脳性マヒの人同士が結婚し、夫婦協力しながら子どもを育てているAさん。家族の理解を得、普通のサラリーマンと結婚した筋ジス女性のBさんやCさん。一緒になったのを機に最近ますます輝いています。Aさん、Bさん、Cさん夫婦、共に住んでお互いが支え合い、皆、ハンディを乗り越えた素晴らしい生き方をしておられる方ばかりです。ただ、俊二に気がかりだったのは、筋ジスの男性と普通の女性が結婚し、俊二の身近に家庭生活を営んでいる例が見当たらないことでした。

病棟の廊下でこの看護婦さんとすれ違った際、「どんな困難が待ち受けようと、二人で工夫して乗り越えてください」と、俊二は喉まで出かかった祝福を巧く伝えることができませんでした。障害を乗り越え生きているもっと多くの人たちと、もっと多くの仲間たちと出会わねばと俊二は思いました。

検査を終えて、異常がなかったことに俊二は安心しました。福祉作業所の車が迎えに来るには、まだ少し時間があります。俊二の電動車椅子は、病院の玄関を出て桜並木に沿った遊歩道を、池の方向へゆっくり進んでいきました。桜並木が途絶え、引き返そうかと思った時、ふと一本の金木犀《きんもくせい》が俊二の目にとまりました。秋のそよ風が、橙黄色の小花から発散されるフルーティな香りを運んでくれます。

「春は桜、秋は金木犀か。俺もいい人が欲しいな……ボランティアさんの中に、いや同じ障害を持った人でもやっていけそうな気がする。そんな人いないかな」

俊二の率直な気持ちでした。芳ばしい香に我を忘れた俊二は、病院で生活していた一年前を思い出しては、心の軌跡を振り返っていました。そして「結婚」というパートナーがあって初めて成し得る、漠然として心惹かれるものに、将来を夢見ていたのでした。

「雄次が亡くなったあと、彼の遺志を継ぎ『病院を出ねばならぬ』と、『健常者に負けてはならぬ』と、肩肘張って今日まできたけど、本当に欲しいものは……一生共にしてくれとはいわない、騙されてもよい、公序良俗に違反した契約であったとしても異論はない、俺は心のどこかで、いや本心からそれを求めている気がする。結婚には、この香りのように、冷静な判断を惑わせる不可思議な力がある」

秋の芳香《ほうこう》が嗅覚を離れるまで、俊二は電動車椅子をとめることはありませんでした。

かつて、出てはいけないといわれていた池のほとりまで来ていることを俊二は忘れていたのです。一台の自転車が頬を揺らせるような風を残し、遠ざかるセーターの小ジワに俊二は早くも冬の到来を感じていました。

「社会に目を向け、社会を改革していこうとするのも勉強だけど、やはり精神的に支えてくれる人がいて、丈夫な子どもがいて……俺たちにとって本当の理想は、やはり平和な家庭を持つことじゃないか。自立したばかりの俺にとって、本当は何を目指し、何を望めばいいのだろう」

「仲間と共に多数の意識を変えようと、多数に認められようと努めることも大事だけど、何億という人間の中から一人でいい、寄り添ってくれる一人の女性さえいてくれれば……どちらを取るかと問われたなら、結局俺は一人の女性を選ぶ気がする。障害者である前に、俺は普通の男なんだ」

色めきたった池の水面から反射される光は、目にまぶしく、太陽のエネルギーの強さを感じさせます。

辰巳《たつみ》の空（東南の空）に千切《ちぎ》ったような綿雲の断片。

山焼きを待つ頂上。

水面《みなも》に降り立った小さな黒い鳥を見分けようと、電動車椅子を前進させた時でした。池から湧き出てきたような少し土の臭いを含んだ生ぬるい風が、俊二の足下をくすぐりました。

「しまった。短い時間でもうこんなところまで。利三が待ってる」

俊二は、ふと我にかえりました。病院でいた時でさえ外出することがなかった遠い場所まで来たことに気がついた俊二は、これ以上進めば今度こそ道に迷うかもしれないと、急いで引き返すことにしました。

さよなら、利三

秋がすぎ冬支度するころになりますと、利三の体調もすぐれなくなってきました。

ことに十二月から二月にかけて気温が低い冬場は二人にとって正念場になります。風邪、インフルエンザ、気管支炎、肺炎を引き起こす細菌やウィルスが活躍する冬は、この病気には脅威です。この時期になると、沖縄に移り住もうか、常夏の島へバカンスに出かけようかと本気で考える方もいるくらいでした。たまにこの病気の人が無理して外国旅行に出かけるのは、こうした事情ある場合が少なくありません。

特に利三のように人工呼吸器を使用している場合は、室温が冷たいとその空気が呼吸器を通じ、鼻から直接肺に流れ込みます。そうなると、体全体が冷え風邪をひきやすくなります。発熱が続き、体力が衰えると、ただでさえ進行する病気に拍車をかけることになります。最悪の場合、痰を喉に詰まらせたり、肺炎を引き起こし生死にかかわる事態が生じないとも限りません。

だからといって神経質になりすぎ、逆に暖房しすぎると、今度は汗をかき、そのあと風邪をひくというケースがあり、油断はなりませんでした。

普通の人でも底冷えする団地で、暖房なしではすごすことができません。適当な湿度を保ち、室温を常時約二〇度に維持して、特に気温が急激に下がる朝方には細心の注意が必要でした。


師走のある日、ボランティアさんが寝込んでしまったことがありました。

その日は、自立して以来月一回は必ず来てくれていた大学二回生の三浦君です。誠実で、何より雄次を髣髴《ほうふつ》とさせる風貌と完璧な介護に、俊二は絶大な信頼を寄せていました。ところが、朝方五時ごろ、急に冷え込んだために布団をもう一枚かけてもらおうと、コールしてもなかなか起きてくれません。

「三浦君、起きて、なあ」

何回呼んでも反応がありませんでした。最初の二、三度は驚かそうと悪戯《いたずら》に思えた俊二でしたが、頭の毛一本はみ出ることなくすっぽり被った布団は少しも動じる気配はありません。こんな夜ふけに助けを求める手段など考えるだけ無駄です。手も足も動かせない俊二に、自分の意思を伝える方法は地声しかありませんでした。これ以上体が冷えては限界と思った俊二は、六畳間に布団並べて寝ている三浦君に声を大にして叫びました。

「起きてくれ！　三浦君、起きてくれ！」

襖一枚隔てた四畳半のベッドで寝ている利三も寒くなったのか、「ピッ、ピッ」と、コールボタンを押し続けています。前の晩、二人とも入浴させてもらいましたので、きっと疲れたのでしょう。入浴介護が初めてだった三浦君一人を責めるわけにはいきません。ボランティアさんとの信頼関係にのみ成り立った生活だけに、「万が一の事態になれば、どうしようか」と、俊二は、手に汗握りながらとにかく叫び続けました。一〇分……二〇分……と、やり場なく、募る腹立ちと寒さをこらえ、鼻マスクをした利三にしてもボタンを押し続けるより外ありませんでした。

もうこれが最後だと「起きてくれ！」と、ややかすれ気味に俊二は絶叫しました。と、運良く利三のコールした音が完璧に協和し、一直線に、ほのかに朝の到来を告げる窓ガラスを震わせました。一筋の水滴が窓ガラスをつたった時、二人の思いはやっと三浦君に届きました。三浦君が、ハッと飛び起きた時、利三の体は肉の暖かみはなく、鳥肌たった細い腕が小刻みに震えていました。案の定、風邪をひき食欲がなくなった利三は、大事をとって入院し点滴を受けることになりました。

正月、三人は実家へは帰らず新年をこの団地ですごすことになりました。

さすがに正月三が日はボランティアさんに来て欲しいとは頼めません。弘一、俊二、利三、母や故郷を思う気持ちに変わりはないのですが、一年の決意新たに、この団地を「自立」の精神的な拠点として、揺るがぬものにしようと思ったからでした。

母が年末に届けてくれた鏡餅の上に、「所変わらぬように」と野老《やろう》（やまいも）をのせ、昆布、干し柿、みかん、勝ち栗などを添えて簡単な儀式を終えました。

朝昼兼ねた雑煮をいただいたあと、三人はラグビーの早明戦に見入っていました。弘一と俊二は早稲田のファンに対し、利三だけは熱狂的な明治ファンでした。開始早々、あの伝統的な重量フォワードが力強くゴールライン近く果敢に突進しました。早稲田ラガーの懸命なタックルをものともせず、ボールを支配しスクラム組んで前へ前へと押し込むたびに、一人歓声を上げておりました。筋骨隆々とした青春の肉体と鍛え上げられた技と力、身近にある融けてしまいそうに脆弱な肉体とを比較する時、あまりの違いに忍びないものを感じます。弘一と俊二は、利三に聞こえないよう話を進めました。

「この冬、利三は越えられるかな」

「大丈夫だと思う。主治医の先生は危ないといってたけど」

「無理してここにいるより、病院でいたほうが安全だと思うけどな。俊二、本当にこれでいいのかな。自立といっても利三の命縮めるだけだったら意味ないし」

「兄貴、病院、病院いうけど最近の病院は手薄で、深夜なんか一人の看護婦さんが十人以上の患者を抱えてる。仕方なく扱いも丁寧じゃなくなるし、万一の時、完全に対応できるかとなると心許ない。ここなら二人の患者にボランティアさん一人。確かに設備や医療機器に最新のものを備えた病院のほうが万能に思えるけど、俺たちから見ればここのほうが安心できる。素人のボランティアさんのほうが精神的に落ち着く。専門知識とか、技術とかいわればいわれるほど頼りなく感じる。何かあったら救急車で病院へ行ったほうが大事にしてくれる」

「この冬は、利三の気力に賭けてみるか」

ちょうどラグビーの前半終了間際、押し気味だった明治のフォワードが初めてスクラムトライをあげた時、俊二の予感は的中しました。テレビが狂喜乱舞する大観衆を映し出したのと対照的に、車椅子から天井を仰ぐように、利三は急に胸が苦しくなったといい出しました。

「兄貴、苦し……」

呼吸困難を訴える利三に、弘一はすぐ救急車を呼びました。正月気分は一気に吹っ飛び、利三は再び入院することになったのです。弘一と俊二は、今度ばかりはもう二度とこの団地へは戻れないのではと思ったくらい、利三は苦しさをこらえていました。救急車が到着するあいだ、弘一は「もっと早く一緒に住んでやればよかった」と、俊二は「あの時、無理してでも病院から引っ張り出してやればよかった」と、悔やみました。


病室。

ベッドに横たわる利三。

「たった半年、もうダメか」

鼻マスクをして点滴を受ける姿に、心配して駆けつけた皆がそう思いました。

しかし、家族やボランティアさんの懸命な祈りが天に届いたのか、病院での利三は、少しづつ、少しづつ体力を回復し再び不死鳥のように蘇《よみがえ》っていったのです。主治医の先生や看護婦さんたちの努力もさることながら、もう一度自立して生活したいという利三の強い意志があったと思います。そして、利三の日記帳を手に、一週間に一度は欠かさず、利三が大好物だった手作りの卵料理を枕元に届けた母の愛情も、利三を支えたと思います。

不思議なものです。

こうして利三は、外で住むようになってから気管支炎や肺炎などを引き起こしては、団地と病院を往復することになります。

本当に不思議だと思います。

一冬を越え、さらに二冬を越え、「一年」と告げた医学の予想を覆し、「二年以上」外で頑張ることができたのです。

利三の精神力というより、人間の生命力の強靱さを身をもって証明してくれたのだと、思います。弘一と俊二には、何ものにも代え難い大きな財産を残してくれました。この遺産は必ずや二人が生かしてくれることでしょう。

利三、どうもありがとう。

そして、何よりも利三の命を支えてくださったボランティアの皆さんのおかげだと思います。何とお礼いっていいのかわかりません。

利三がつけていた日記帳は、母の手から弘一と俊二へ引き継がれました。

表紙には、長い歳月をへてもなお色鮮やかさを保つ桜の花びら三枚が押し花にされています。残頁少ない日記帳には、このあと、一体どんな文章が刻まれるのでしょうか。

利三亡きあと、役所を退職し、第二の人生を俊二と共に歩もうとする弘一。自立の意義を追求していこうとする俊二。

煌《きら》めきの時を求めて、二人が歩む姿を最後まで見届けたいと思います。

家族との出会い　生まてきてよかった
自然との出会い　故郷を教えてくれた
人間との出会い　僕たちを大きくした
病気との出会い　自分を探そうとした
社会との出会い　すべての人のために

生きて　生きて　生きまくる

あとがき

先行き不透明な時代にあって、自分の位置を確かめ、相互の連帯を求めて自発的に社会に参加していこうとする人が増えています。

福祉に限らず、教育・環境・地域文化など社会生活のあらゆる分野で、積極的に社会とかかわることが、時代の大きな流れとなりつつあります。

私たち兄弟の生活においても、福祉や医療に職業的にかかわる人たちばかりでなく、職業・年齢・性別を問わず幅広いボランティアの方々の支援を受け、支えられて生活しています。

毎日のことですから、ありがたいと感謝する一方で、人の善意に頼っているだけではないかと、やや自嘲気味に省みることも少なくありません。

しかしながら、ボランティアの方々の動機は、

「特別な理由はなく、友だち感覚で」

「そこに介護を必要とする人がいるから」

「自立生活を支援するために」

など、実に多様なものがあります。金銭的な価値観を超えて、こうした多元的な意識を共有しながら、地域の中でお互いに学べることは、私たちにとって日常生活を送る上で大きな励みになっています。

病院を出て、地域で生活することの意義は、人権や生存権的な法的側面もさることながら、こうした身近で人間的な触れあいの中にこそ見いだせるのではないでしょうか。ボランティアさん始め、ヘルパーさん、訪問看護の看護婦さん、自治会のみなさん、さまざまな人々との交流自体が、本来、地域や社会が取り戻さねばならない心を見いだそうとする、営みそのものであるような気がしてなりません。

いうまでもなく、施設を出ることが、また地域で暮らすことが最終的な自立の目的ではありません。施設にいながらにして社会進歩のため障害者運動に生きがいを発見すること。施設や地域がどうあれ芸術活動に全身全霊を打ち込むこと。そういう意味で真の自立とは、一人ひとりにとってかけがえのない一生をどうデザインしていくか、いわばその人の生きる姿勢であり、評価するのはその人自身だと思います。人間として生まれたすべての人々が、障害や偏見に臆することなく、真の自立を目指し邁進されんことを、そして少なくとも地域社会がそうした人々を受け入れられる、懐深いものであってほしいと願わずにはおられません。

本書がその一助となれば、幸いです。

最後に、出版にあたっては、ハート出版の藤川編集長をはじめスタッフの方々にお世話になったことを、心より御礼申しあげます。

平成一一年一二月吉日　著者

著者略歴

小西弘一（こにし　こういち）

本名は小西弘二。本文中の次男・俊二は「俊光」、三男の利三は「利幸」が本名。昭和３２年４月奈良県生まれ。昭和５６年京都大学卒業、奈良県庁職員となる。平成８年に大手術を受け、平成１１年県庁を辞職し、以後、介護・ボランティアと歩む。

＊著者への連絡は、ハート出版気付けにてお願いします。
〒171-0014　東京都豊島区池袋３－９－２３
編集部気付け／小西弘一

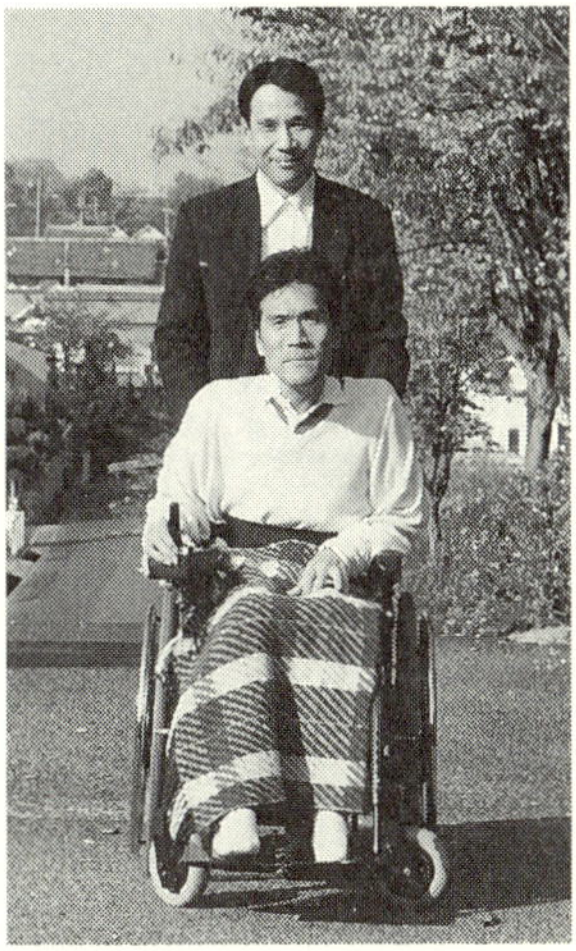

長兄と次男

いのち煌《きら》めくとき

平成12年１月27日　　第１刷発行

著　者　　小西　弘一
発行者　　日高　裕明

発行　株式会社ハート出版
〒171-0014　東京都豊島区池袋３-９-23
TEL.03-3590-6077　FAX.03-3590-6078

ISBN4-89295-152-8 C0036　　印刷・中央精版印刷株式会社

定価はカバーに表示してあります